LA CONJURATION DES DÉMONS AU MONT-BLANC

—

285, chemin des Chavaux, 74310 Les Houches
ISBN : 9782365451581
Dépôt légal : mai 2024
—
leseditionsdumontblanc.com

VINCENT MINGUET

LA CONJURATION DES DÉMONS AU MONT-BLANC

ÉDITIONS DU MONT-BLANC
CATHERINE DESTIVELLE

Je ne parlerai pas de la montagne, mais par la montagne.
Avec cette montagne comme langage, je parlerai d'une autre
montagne, qui est la voie unissant la terre au ciel,
et j'en parlerai non pas pour me résigner,
mais pour m'exhorter.

René Daumal,
Le Mont Analogue, 1952

CHAPITRE 1
Janvier 2018

Le silence cotonneux de la neige étouffait la douce activité des habitants du vallon. Le calme régnait sur les montagnes qui flanquaient le petit hameau de Vallorcine. Ce village insulaire, posé à près de 1 200 m d'altitude au milieu des sommets, entretenait une connivence avec la nature, insondable et souveraine. Le développement immobilier frénétique des années 1970 n'avait pas réussi à atteindre cette enclave camouflée entre la Suisse et la France. En ce premier mois de l'an 2018, les averses neigeuses avaient été abondantes et une coulée blanche barrait le col des Montets, rendant impossible l'accès vers la proche vallée de Chamonix. Nous étions tous « envanelés », c'est-à-dire à l'abri dans un vallon sous la neige, isolés pour plusieurs jours.

Mon prénom est Ian. *Jean* en langue bretonne. Mon ami de longue date, complice fidèle de mes échappées en montagne, porte le même mais en patois savoyard, Zian. Cet après-midi-là, nous avions grimpé en skis de randonnée jusqu'en haut du mont Buet, le « mont Blanc des Dames », un joli dôme culminant à 3 000 m d'altitude, esseulé au milieu de pics tailladés. Nous avions peu discuté au cours de l'ascension. Le rythme était intense et parler nous aurait ralentis. Nous avions progressé en silence dans cette somptuosité vierge qui nous enveloppait de son décor lunaire. Cette sortie avait pour but de nous éprouver dans le froid d'une fin d'après-midi, mais aussi de nous entraîner. Aspirants guides tous les deux, nous espérions obtenir le diplôme en août, qui serait aussi le mois de mon trente-deuxième anniversaire. La partie hivernale de l'examen final était derrière nous, quinze jours de raid à ski dans l'Engadine, une petite contrée orientale de la Suisse. Un module portant sur nos connaissances techniques et nos capacités de gestion du risque, que nos professeurs avaient validé. Il ne nous restait plus qu'à passer l'examen d'alpinisme, l'été suivant, pour être enfin qualifiés. C'était, clairement, la partie la plus difficile. L'aboutissement de quatre années de dévotion continue.

Arrivés au sommet de cette coupole nacrée, nous fîmes une courte pause pour enlever nos peaux de phoque et nous rhabiller pour la descente. Je profitai de ce temps de répit pour contempler notre trace de montée, une fine arabesque crayonnée par nos skis sur une pente blanche. Ce méandre semblait me relier à l'existence que j'avais abandonnée derrière moi. *Que de chemin parcouru !* me dis-je. La ligne me raccrochait à ma propre trajectoire de vie qui, des faubourgs bourgeois d'une grande ville, m'avait conduit jusque dans ce coin isolé des Alpes. Je ne me rappelais plus ce qui m'avait fait préférer le métier de guide de haute montagne à celui d'enseignant. Sans doute avais-je désiré échapper à la routine des salles de classe réglées par la sonnerie récurrente, sempiternelle des cours. Il me fallait la nature, il me fallut la montagne. Cette forme brute de la beauté m'avait toujours attiré et l'alpinisme était devenu, au fil des ans, une passion que je rêvais de transmettre. Afin de mettre toutes les chances de mon côté, j'avais donc élu domicile à Vallorcine, ce hameau qui, loin du tumulte des grandes stations, avait gardé un mode de vie sauvage, inspiré par les montagnes alentour, où chacun se connaissait tout en gardant ses distances.

Je n'aurais jamais cru, pourtant, pouvoir un jour vivre de la montagne. Après des études de lettres, j'avais exercé comme professeur de français au lycée du Mont-Blanc, au Fayet, juste avant le grand viaduc qui conduisait à Chamonix. En effet, j'avais hérité d'une double vocation de mes deux grands-pères, l'un enseignant, l'autre alpiniste. Le premier, Grenoblois, avait été professeur de lettres classiques. Il avait évolué toute sa vie dans le monde des livres et de la culture. Le second, orphelin piémontais, élevé par sa grand-mère valdôtaine, avait très tôt parcouru les montagnes, s'y réfugiant pendant la guerre, basculant entre versants français et italiens. Contrairement à lui, c'est assez tardivement que je m'étais engagé dans le cursus de guide. J'aurais bien voulu, évidemment, obtenir le diplôme dès mon âge tendre. Mais Lyon, où j'avais passé mes premières années, était trop loin des montagnes. Les qualités athlétiques d'un jeune citadin étaient insuffisantes pour franchir, à tout juste 20 ans, les barrières techniques de l'examen probatoire. Adolescent, j'avais donc vécu cette aventure par procuration au travers des pages de Rébuffat, Terray, Destivelle, Amouriaz et bien d'autres arpenteurs de sommets. J'aurais donné cher pour avoir la chance de rencontrer l'un d'entre eux et pouvoir ainsi saisir leur relation avec la montagne. Mon diplôme de professeur de lettres en poche, j'avais alors pu consacrer tout mon temps et mon argent à l'alpinisme. Mes horaires de travail et mon salaire m'avaient permis de préparer, enfin, l'examen pour devenir guide. La montagne m'avait rattrapé.

— Oh, Ian ! On y va, ou bien ? me dit Zian alors que nous nous refroidissions au vent qui raclait notre sommet.

Mon ami m'extirpait de mes pensées en me rappelant qu'il ne fallait plus traîner. La nuit tombait vite en janvier.

— Le dernier paie son coup ! lança-t-il encore en appuyant sur ses bâtons pour donner de l'élan à son corps qui bascula dans la ligne de plus grande pente.

Dès les premiers virages de ma descente, toute introspection existentielle s'effaça. La vitesse et la joie emplissaient mes poumons et ma tête. Nous atteignîmes le parking du Buet au pied du vallon de Bérard en quinze minutes et, après avoir pris le temps de déposer notre matériel de randonnée au bercail et de passer en « tenue de chalet » – pull en laine, bottes fourrées et bonnet à grosse maille –, nous décidâmes d'aller nous réchauffer les os dans l'atmosphère accueillante du bar.

L'Oursine était l'épicentre social d'une communauté de montagnards. Sa lourde porte était composée d'assemblages de pièces d'épicéa serties dans une ferronnerie grossière. Derrière elle, se dégageait une sérénité chaleureuse dont chacun appréciait les vertus. Une fragrance alcoolique parfumée de fleurs alpestres, mêlée à une senteur de vieux bois résineux, flottait dans l'air de ce bâtiment de madriers et de poutres épaisses. Les habitants reclus s'abritaient ici pendant leurs longues soirées d'hiver depuis des centaines d'années. Les clients réfugiés autour du feu étaient de bonne compagnie. Autrement dit, peu bavards.

Dans ce large chaudron, chacun discutait, avec un voisin ou avec lui-même, en expurgeant les tensions de la journée au fond d'un verre. Presque tous se connaissaient. Ils étaient de la même famille, ou bien des conscrits, c'est-à-dire d'anciens élèves sous la férule de la même maîtresse à l'école du village. Ceux-ci se parlaient donc dans un esprit de fratrie. Trois mots sur le temps ou sur le comportement des touristes qui bousculaient l'auguste monotonie de la vallée. La plupart étaient professeurs de ski, agents des remontées mécaniques, commerçants ou éleveurs. En hiver, les bêtes étaient à l'étable ou à la chèvrerie. Les agriculteurs qui s'étaient séparés de leur bétail – confié aux doux pâturages de la plaine de l'Arve – travaillaient alors pour la commune, laquelle, en cette saison de forte activité touristique, avait besoin d'un renfort de bras. L'autre population qui remplissait ce bar était celle des saisonniers. Ils venaient des villes pour goûter les plaisirs d'une montagne attirante et surtout lucrative. Ils effectuaient le mouvement inverse de celui des Savoyards du siècle dernier, les *molardiers* qui descendaient dans les villes pour louer leurs services. Souvent assez jeunes, ces saisonniers étaient appelés pour prêter main-forte sur des métiers moins qualifiés mais très exigeants. En dépit de leur fatigue, leur vitalité les rendait bruyants, mais ils savaient toutefois contenir leurs ardeurs dans le respect des limites que posait le mode de vie des résidents.

Assis côte à côte tels deux compères préparant un mauvais coup, nous avions investi l'extrémité du comptoir. Zian paya la première bière. Moi, la deuxième, et Jean-Yves, le patron historique de *L'Oursine*, la troisième. Cet ancien douanier aux allures de marmotte, tant par sa tête de peluche que par son corps grassouillet, avait repris l'affaire familiale et veillait sur la bonne marche de l'établissement. Le breuvage égaya rapidement nos esprits, empourprant nos pommettes. Après quelques banalités échangées sur la course effectuée et la météo des jours à venir, mon compagnon de cordée, affichant la fatigue, quitta *L'Oursine*, me laissant sans compagnie dans l'effervescence feutrée du bar. Ce n'était pas un problème pour moi. Depuis l'été précédent, j'avais appris à apprivoiser mon isolement relationnel. La femme que j'aimais était partie, un drame intime qui m'avait laissé seul dans le désarroi des cimes. Dès lors, la nature était devenue mon unique compagne. Je commandai une quatrième bière.

Elle s'appelait Agathe. J'avais fait sa connaissance en montagne deux ans auparavant, dans le massif du Mont-Blanc. À peine plus âgée que moi, elle avait obtenu son diplôme à 20 ans et était déjà guide depuis une quinzaine d'années. Elle avait son client, et moi un compagnon de course rencontré sur Internet. Nos deux cordées visaient le même sommet et avaient fini par se retrouver sur le même itinéraire. J'avais alors découvert cette fille aux yeux verts animés d'une ardeur pressante. Ces pupilles-là, quand elles n'étaient pas tournées vers le ciel, portaient un regard butinant de tous côtés qui jetait des étincelles autour d'elle. La lumière se prenait dans ses cheveux sombres et brillants parcourus, ici et là, de reflets plus clairs, presque auburn, des mèches fondues de plusieurs nuances de brun qui couronnaient une silhouette féline. Tout dans son être m'avait semblé être à sa place au cœur de cette nature sauvage et absolue.

Son client, d'un snobisme outrancier, se plaignait sans arrêt du froid, de la faim, des difficultés, de la fatigue. Impatient, il ne cessait de s'agacer en invectivant Agathe, laquelle l'aidait calmement, portant tout le matériel, lui expliquant les mouvements à faire. Elle ne se forçait à rien. À un relais, en attendant nos seconds de cordée tirés patiemment, nous avions partagé un moment de silence avant d'échanger quelques premiers mots. Après la course, dépités par cette sortie désastreuse, nous avions fini tous les deux autour d'un verre à Chamonix. En nous quittant, nous nous étions promis de retourner ensemble en montagne. Et un jour, sur le rebord d'un sommet vaincu, nous avions senti nos cœurs se rapprocher et nos lèvres avaient suivi.

Elle était une fille de la vallée de Chamonix mais restait vibrante de secrets. Un soir où nous étions tous les deux blottis dans la cabane des Périades, ce bivouac confidentiel perché à 3 440 m sur l'arête du mont Mallet, Agathe m'avait posé cette question lourde, et mystérieuse :

— As-tu déjà enduré des drames dans ta vie ?

— Non, avais-je répondu en toute sincérité.

— Tu as de la chance…

Ces mots s'étaient étouffés sous les planches de bois que le vent d'altitude faisait craquer. Dans un soupir, elle me confiait avoir perdu son père quand elle était jeune. Les circonstances ? Je ne les sus pas. Elle s'était déjà endormie au creux de mes bras…

Au fur et à mesure de nos rencontres, l'alpiniste d'exception qu'était Agathe s'était confirmée à mes yeux. Elle avait une technique de grimpe qui transformait la puissance en grâce. À 35 ans, elle avait déjà vaincu des sommets convoités par nombre d'aguerris aux ascensions, et sa renommée la précédait. Pourvue d'un élan vital et d'une persévérante combativité, elle suscitait une admiration iconique. Être une femme meilleure que les hommes confère une notoriété éblouissante. Au fil de nos sorties dans les hauteurs, j'avais mesuré la chance qui m'était donnée d'avoir recueilli son cœur. Je l'aimais pour sa beauté, pour sa force, mais aussi pour la fragilité qu'elle m'avait laissée entrevoir. Dans la relation fusionnelle qu'elle entretenait avec la montagne, j'avais réussi à me faire une place. Sur la route du ciel, j'avais osé prendre sa main et, entre mes doigts fermes, j'avais cru tenir mon destin. Je m'étais trompé.

Un matin, alors que je revenais d'une semaine de raid, Agathe m'annonçait que nos projets d'ascensions communs devaient être oubliés. Elle m'avait dit simplement que notre histoire n'avait plus d'avenir. Je n'avais rien à me reprocher, seulement elle préférait mettre de la distance entre nous. Sa relation avec la montagne relevait d'un amour exclusif et elle refusait que j'en souffre. La réalité allait s'avérer plus rude.

À peine quelques semaines après cette séparation brutale, je découvrais que quelqu'un d'autre m'avait remplacé sur la corde d'Agathe et, sans doute, dans son cœur. Il s'appelait Rodrigue. Je le connaissais bien. Lui aussi était aspirant guide. Plus jeune que moi, ses charmes avaient, semble-t-il, évincé les miens. Ma douleur, jusque-là endurée, s'était alors transformée en blessure d'humiliation. Cela faisait six mois. Ma pinte était vidée. J'hésitai à en reprendre une autre. La dernière ? Ou juste un demi ? Pourquoi faire ? Pour la route, comme on dit ? Ressasser encore ? Je me tournai alors vers les derniers clients, attardant mon regard sur cette exposition de portraits vivants, quand l'un d'eux attira mon attention.

Isolé à l'autre bout du comptoir, un homme à la carrure de porteur d'eau, couvert d'un cuir épais doré au soleil d'altitude, sirotait calmement un ballon de vin blanc. Ce visage racontait tout un paysage. Ses traits froissés par les années entouraient des yeux glacés. Sa mâchoire d'ours renfermait des dents de perle. Les cheveux ras, entre gris et blanc, descendaient depuis les tempes pour finir en pattes, encadrant un profil conquérant. Cette tête me sembla familière sans que je parvienne à la rattacher à une personne connue. Aurais-je croisé cette dégaine un jour en montagne ? Comme hypnotisé, je ne pouvais plus cesser de l'observer, fouillant activement mes méninges. Et soudain, perçant le filtre des années, le flash jaillit. L'image de Roland Amouriaz m'apparut.

◆

Se pouvait-il que ce soit *vraiment* lui ? Si c'était le cas, le temps n'avait pas altéré l'expression de cette figure qu'on retrouvait dans tous les livres d'alpinisme. Amouriaz était à la fois un guide emblématique et l'un des plus grands alpinistes de sa génération. Le meilleur de ces cinq dernières décennies, tant dans la réalisation de prouesses sportives que dans l'esprit montagnard qu'il incarnait. Tous les férus des sommets et d'aventures granitiques admiraient cette célébrité tutélaire. Tout grimpeur ou skieur connaissait Roland Amouriaz comme l'auteur de « premières » formidables. Il avait écrit, durant sa longue carrière, des épisodes épiques dont les cimes alentour avaient conservé la mémoire. Il était une légende. Confortablement installé dans la soixantaine, sa renommée lui permettait de profiter aujourd'hui de la montagne de façon moins élitiste. Bien que toujours guide, il semblait maintenant savourer la vie dans une indulgence coupable qui lui donnait le droit de boire un peu plus que de raison et un peu plus souvent que de besoin. Ainsi, Roland Amouriaz se tenait là, avec déjà quelques verres à son actif, étonnamment seul en face de moi à l'autre extrémité du zinc. De trente ans son cadet, l'aspirant guide que j'étais touchait cette chance unique de pouvoir parler avec ce grand nom des sommets. Lentement, innocemment, je me dirigeai vers lui.

Saluant du ton courtois du montagnard, j'abordai la sommité de façon très directe :

— Puis-je vous offrir un verre ? Je suis un grand admirateur de vos expéditions.

Il baissa les yeux, semblant hésiter entre me répondre ou me chasser afin de préserver sa tranquillité. Je craignis un instant qu'il ne me prenne pour un extravagant passionné par une montagne trop lue et pas assez parcourue. L'ours releva le menton, souleva l'encoignure de ses paupières et jeta droit dans mes pupilles ses iris clairs lavés par des années de neige saturée de lumière, avant de souffler d'un ton bourru :

— À Dieu !

« À Dieu ! » étant une expression employée par les Savoyards pour dire bonjour plutôt qu'au revoir, je compris qu'il acceptait l'invitation et me tournai vers le patron avec empressement :

— Jean-Yves, deux blancs !

Quelques secondes suffirent à ce dernier pour nous remettre en selle.

— Comment vas-tu ? me demanda Roland Amouriaz sans préambule en empoignant son ballon par le pied.

— Très bien, merci. Je suis aspirant guide et j'ai lu beaucoup de vos exploits !

— Mes exploits ? Oh, oh ! rigola-t-il. C'est vieux, tout ça ! Beaucoup ont fait mieux depuis, tu sais ?

Ses yeux s'assombrirent. Il n'avait pas l'air de vouloir parler de montagne. Je dirigeai donc la conversation vers l'autre centre d'intérêt du moment.

— Alors ? Comment trouvez-vous le vin ?

— Ils ont fait de bons progrès, les vignerons savoyards, me répondit Roland en mirant le liquide jaune paille tapi dans le fond de son verre.

— Oui, je crois qu'ils ont fait venir des œnologues de Bordeaux pour améliorer l'assemblage des cépages. Vous préférez les blancs secs ou fruités ?

— Ah ! Plutôt secs ! J'aime ce qui est âpre et minéral.

— Je n'aime pas les vins sirupeux non plus, repris-je, mais certains, légèrement fruités, apportent toutefois des arômes qui nous font voyager.

— Tu m'as l'air d'être un idéaliste, toi ! me dit Roland d'un air suspect.

— Et vous, un réaliste !

— Surtout un montagnard. Je n'aime pas l'excentricité.

— Dites-moi ce que vous buvez et je vous dirai qui vous êtes ! lançai-je.

— Ma foi, oui, acquiesça le guide, amusé. Mais ça reste du blanc de Savoie. Il ne faudrait pas que le prix d'une bouteille ne dépasse le titrage en alcool.

Après cette petite digression à travers le vignoble, entre l'Apremont sec de la combe de Savoie et le Fendant fruité du Valais, je me présentai plus en détail et lui parlai de mon rêve de devenir guide, de ma passion pour la montagne et pour l'alpinisme. Une lueur s'allumait dans ses yeux fatigués. Il me sembla que la brume s'y dissipait enfin. C'était le bon moment pour tenter :

— Et vous, Roland Amouriaz, que faites-vous en ce moment ? Vous emmenez toujours des gens en montagne ?

— Oh, un peu, mais pas comme avant ! J'emmène surtout mes vieux clients qui sont devenus mes amis…

Et puis il me jeta subitement :
— T'en es où de ton cursus ?
— J'ai passé le stage hivernal il y a neuf mois. Mon dernier objectif est l'examen final d'alpinisme, cet été.
— Ta liste de courses est complète ? poursuivit Roland, visiblement intéressé.
— Oui, elle l'est, mais j'aimerais encore inscrire quelques voies majeures afin de prouver au jury mon implication.
— T'as raison. Pour faire un bon guide, il ne faut jamais cesser de parcourir la montagne. Je peux t'assurer que même à mon âge, j'apprends encore quelque chose tous les jours, confia-t-il en terminant son verre cul-sec.
Il ne développa pas plus avant son propos, et comme son regard s'était tourné du côté de la bouteille qui reposait sur l'étagère de Jean-Yves, j'enchaînais rapidement pour ne pas lui laisser le temps de la commander :
— Vous souvenez-vous de votre examen de guide ?
— Oui, bien sûr ! concéda-t-il d'un ton nostalgique. Même si c'était il y a longtemps. C'était plus facile qu'aujourd'hui. À l'époque, nous étions évalués sur nos compétences plutôt que sur notre niveau technique. Vous autres, les jeunes guides, vous êtes beaucoup plus forts que nous ne l'étions. Mais vos clients sont sans doute plus exigeants également.
— Vous êtes modeste, lui retournai-je en souriant avec bienveillance. Et quel regard portez-vous sur votre carrière de montagnard ?

À peine sortie de ma bouche, cette question de journaliste d'investigation me parut sonner faux. Un peu embarrassé, je poursuivis en bafouillant :

— Quel épisode vous rend le plus fier ? Avez-vous des regrets ?

Roland allait répondre, mais ses paroles s'éteignirent dans une longue expiration qui nous plongea tous les deux dans un silence suspendu.

Après quelques secondes, il inclina légèrement la tête et une chose inattendue se produisit. Une petite larme se mit à perler au coin de son œil. Était-ce ma question qui était cause de ce trouble ? Cela produisait, sur la peau sèche de ce visage plissé, comme une goutte de rosée. Quelle sorte d'émotion avait pu l'engendrer ? Puis, tout aussi soudainement, Roland l'essuya dans un geste fluide. Il regardait maintenant dans le vide, fixant un point invisible quelque part vers le centre de la pièce, ne se souciant plus du monde qui l'entourait.

Qu'avais-je donc bien pu dire de si blessant ? Ou de susceptible en tout cas d'avoir provoqué cette réaction impromptue ? Mal à l'aise, d'un regard rapide mais discret, je vérifiai que personne n'ait rien remarqué. J'avais effectivement noté, depuis le début de notre échange, que la plupart des clients semblaient à l'affût de tout ce qu'il disait ou faisait, par intérêt ou… par soûlerie. Mais personne n'avait surpris la larme du guide, qui subitement paraissait plus vieux. Le plus bas possible, d'un ton faussement enthousiaste, je chuchotai :

— Ça va, Roland ? Un autre verre ?

— Ne t'inquiète pas, mon garçon, me rassura-t-il, la mine renfrognée, en haussant les épaules l'une après l'autre. J'ai parfois de vieilles pensées qui resurgissent au moment où je ne les attends pas. Ça me fait ça quand je parle avec la jeunesse.

— Parlons donc de vos aventures présentes, alors !

— Mes aventures présentes ? Ah ! C'est justement ça, le problème. Quand on est vieux et qu'il ne reste que des bars pour vivre ses aventures, les souvenirs remontent et se vengent...

— Vous êtes toujours jeune ! rétorquai-je énergiquement pour l'encourager à quitter cette expression résignée qui le faisait ressembler aux vétérans incompris d'une guerre oubliée.

— Oh, tu sais... L'importance n'est pas d'être jeune ou vieux, mais de savoir ce que l'on fait de ses souvenirs accumulés.

Il avait lâché cette dernière phrase presque à son insu et lorsqu'il s'en aperçut, il se rembrunit davantage. Il me sembla pendant un court instant que le bourdonnement environnant s'était arrêté. Cet aveu, aussi sincère qu'abrupt, m'étonna.

— Comment peut-on avoir trop de souvenirs ? murmurai-je en souriant.

— Bah... Laisse tomber, gamin, tu comprendras quand tu auras mon âge.

À présent, Roland s'était replié sur lui-même dans une posture fataliste. Les yeux perdus dans les veinures du bois de la table, il soupira. Puis, lentement, se leva. Avant de partir, il se pencha vers moi et me glissa doucement à l'oreille :

— On en reparlera peut-être. *Arvi'pa !*

En patois savoyard, cela signifie « Au revoir, n'est-ce pas ? ».

— *Arvi* ! lui donnai-je en réponse.

◆

Le retour vers mon logis me prit plus de temps que d'habitude. Les lampadaires balisaient le chemin. Autour de leurs halos de lumière, flottaient des cotons neigeux gros et velus comme des têtes de chat. L'entrée au port se fit à la godille ; mon estomac avait dû voir couler plus de bière et d'Apremont que ma raison n'avait pu en jauger. Mes pieds traînant dans la neige et mon esprit chauffant sous mon bonnet, j'essayai de comprendre les dernières paroles de mon compagnon de soirée. Que signifiait donc « avoir trop de souvenirs » ? J'espérai le revoir bientôt, je ne pouvais me séparer de l'image de ce guide usé par le temps, montagne humaine assombrie sous l'épaisseur de son passé.

La petite porte qui donnait accès à mon appartement en rez-de-jardin était protégée par l'avant-toit prononcé de la vieille bâtisse dont il faisait partie. Les deux premiers niveaux étaient en pierre de taille et les deux suivants faits de madriers d'épicéa. Ce corps de ferme centenaire avait été divisé en plusieurs logements rénovés. J'occupais l'un d'eux. Je traversai la cuisine sans m'arrêter pour gagner ma chambre. Le calme régnait dans cet intérieur étroit mais douillet où se mélangeaient le bois et la pierre. Je sombrai aussitôt dans l'onctuosité accueillante de ma couette.

Quelques rêves vinrent me tenir compagnie. Des morceaux de montagnes apparaissant dans un clair-obscur, des visages exaltés d'alpinistes sur lesquels coulaient une larme… Le réveil fut rude et déconcertant. Je ne pouvais justifier le comportement excessif que j'avais eu avec l'alcool. En voyant mon reflet dans le miroir de ma salle de bain, j'eus de la peine à me reconnaître. Ce *Horla* à la peau mate, ambrée par le soleil et traversée des ridules que l'effort physique y avait sculptées me fixait de ses yeux noirs. Oui, c'était moi. C'était bien moi. Mes cheveux châtains, plantés au-dessus d'un large front, avaient pris un pli désordonné rappelant celui de personnages romantiques peignés au gré du vent d'auteurs d'une autre époque. Et puis, cette fossette au menton, legs de mon père et, à en croire mon entourage depuis toujours, source de charme, avec ce nez fin hérité de ma mère. Je reculai de deux pas. En passant d'une vue rapprochée à un plan plus large, je confirmai que mon corps s'était affiné au fil des années. De l'adolescent aux formes pleines que j'avais été, ressortait un homme un peu sec à la silhouette aiguisée, aux muscles tendus sur un squelette anguleux. Sur ce visage encore errant dans les songes de la nuit, apparut un sourire amusé… qui se referma rapidement sur une expression résolue. Les sommets coquettement repoudrés par la neige m'attendaient. Le silence, l'air pur, le ciel serein… Rien de tel qu'une sortie en montagne pour dissiper mon abattement passager.

CHAPITRE 2
Février

Les exhalations du café noir parvinrent à faire frémir mes narines. Attablé devant mes notes et mes cours de l'ENSA[1], je reprenais peu à peu mes esprits au terme d'une nuit tourmentée par d'habituelles insomnies. Je devinais le soleil poindre derrière la ligne de crête des montagnes alentour, tout en sachant que les pièces de mon appartement orienté au nord n'en verraient pas les rayons de la journée. La lumière trop délicate diffusée à travers la fenêtre au-dessus de la table haute à laquelle j'étais accoudé suffisait à peine à éclairer ma lecture. Cette atmosphère maussade me faisait naviguer dans des pensées éparses. Il faudra sortir cet après-midi, me dis-je, afin de profiter de l'accalmie après l'épisode neigeux que nous avons connu. Le bleu profond de ce ciel lavé par des eaux glacées invitait à aller le voir de plus près.

---

1 École nationale de ski et d'alpinisme.

Et, pour me donner du cœur à l'ouvrage, je m'imposais de ne m'accorder cette promenade qu'après avoir lu au moins la moitié d'un livre sur les avalanches, qui enseignait les différents critères d'appréciation du risque, conditions nivologiques, profil du terrain, physionomie des alpinistes engagés. Y étaient données plusieurs méthodes théoriques expliquant comment réduire le danger en jouant sur l'itinéraire ou sur l'espacement au sein de la cordée. Il était néanmoins rappelé que la bonne décision échappait souvent à tout processus de raisonnement mathématique. Quand midi sonna au clocher de l'église qui surplombait le hameau, je quittai ma table tel un esclave affranchi refusant son labeur, avec l'impression de me comporter comme mes anciens élèves en classe de français qui, sous l'impulsion d'un besoin de liberté, séchaient les cours pour partir en montagne.

Je descendis dans ma cave afin de préparer mon équipement de randonnée. Ce cellier en sous-sol faisait office de petit magasin où j'entreposais tout mon matériel d'alpinisme. L'ordre et la discipline régnaient au milieu d'une quincaillerie variée, cordes suspendues, skis, piolets et vêtements techniques. Mon sac était posé sur l'établi. J'y mis mes outils de sécurité – DVA[2], pelle, sonde – ainsi que des habits contre le froid et le vent. Je plaçai chaque objet avec précision en déroulant mentalement une liste de

2 Détecteur de victimes d'avalanches.

contrôle comme le font les pilotes dans l'aéronautique. Je vérifiai le positionnement de la cartouche de gaz qui déclencherait le gonflement des coussins d'air en cas d'avalanche. Il ne me restait plus qu'à faire adhérer mes peaux de phoque aux skis et à remonter à l'étage pour avaler quelques fruits secs.

Les premières pentes étaient situées à trois cents mètres de chez moi. Sitôt dehors, je sondai les sommets. Aucune fumerole ne signalait des vents forts en altitude, confirmant le bulletin météo qui prévoyait un temps froid accompagné d'une faible bise, ce courant venu du nord qui pénétrait tout ce qu'il effleurait. Sur le chemin, je croisai quelques voisins. Jean-Yves, le tenancier de *L'Oursine*, qui était en train de rentrer des fûts de bière, me salua gaiement d'un signe de la main. Un peu plus loin, je tombai sur Zian qui, lui, revenait d'une sortie en ski de randonnée.

— À Dieu, Zian ! C'était bon ?

— Bah oui, mon gars, y'a encore pas trop de traces. Profites-en vite, ça ne va pas durer !

— J'y vais ! T'étais où ?

— Du côté des Posettes, mais méfie-toi, ça en a mis un bon paquet ! Reste en forêt ou loin des grosses pentes.

— Ok, je vais aller tracer sur l'autre versant. On boit un coup à *L'Oursine* ce soir ?

— Pas ce soir, je dois aider mon père à rentrer du bois, mais compte sur moi la semaine prochaine. Bonne balade, fais gaffe quand même ! *Arvi* Ian !

— *Arvi* Zian !

Ces échanges entre habitants d'un même petit vallon me paraissaient banals mais essentiels. Ils permettent de maintenir un lien social que les rigueurs du climat et l'austérité de la géographie rendent difficile. Trois mots entre deux hommes immergés dans une nature sauvage suffisent à recréer un semblant de civilisation.

Les peaux de phoque crissaient au rythme de mes enjambées. Un chèche couvrant ma bouche protégeait mes bronches des écorchures du givre ; je respirais bruyamment. Après quelques minutes de cette gestuelle dynamique, mon corps et ma tête plongèrent dans une atmosphère de résistance passive. Je luttais contre la douleur physique et mentale causée par l'appel d'oxygène d'un organisme en plein changement de phase. Progressivement, j'atteignais un régime de croisière où les muscles imprimaient machinalement leur mouvement aux membres. Mon cerveau diffusait des pensées qui tournaient devant mes yeux. Ma rencontre du mois précédent à *L'Oursine* avec Roland Amouriaz me revint. Sans doute, le fait d'avoir aperçu Jean-Yves et évoqué ce bar avec Zian quelques instants plus tôt ?

Quelle ombre dans le cœur de ce guide chevronné avait bien pu assombrir son regard clair ? Certes, Roland n'était pas parfait. Il avait tous les défauts des hommes de gros temps, ceux qui vivent debout contre les intempéries de l'existence, mais cet abattement dont j'avais été témoin sonnait comme un défaut de petit homme. Cela me décevait. Les grands hommes se devaient d'avoir de grands défauts. Je décidai donc de retourner le soir même à *L'Oursine* pour tenter d'apercevoir Roland et reprendre notre conversation.

Mes réflexions se succédaient ainsi à la cadence de mes skis qui scarifiaient l'épaisse couche de poudreuse. Une sinusoïde ascendante se développait au-dessus du col des Montets en direction du lac Blanc. L'aiguille des Chamois me toisait du haut de son capitule immaculé. Je suais sang et eau dans ce combat pour avancer et cette moiteur enveloppante entraînait la mécanique de ma volonté. Alors que le soleil s'inclinait docilement vers la ligne de crête des Aiguilles Rouges, je songeai à redescendre outre-col, vers Vallorcine. Face à la vallée, droit sur une petite plate-forme de neige que j'avais aménagée, j'ôtai mes peaux de phoque avant la descente en regardant la route reliant Argentière à Martigny, raclée au noir par les chasse-neige. Devant moi, s'étirait la chaîne du Mont-Blanc, monumental édifice de granit et de neige. J'avais rêvé souvent, dans ma jeunesse, de ce style de vie. Seul, avec la nature sauvage. J'en jouissais à ce jour, même si je n'étais plus vraiment sûr de mon bonheur. La solitude n'était pas toujours si lumineuse. Je sentais l'absence d'Agathe comme une obscure évidence. Certains soirs, assailli par l'ennui, il m'arrivait de jalouser ceux qui profitaient d'une existence animée des distractions festives que procuraient les centres-villes bouillonnants.

Quelques vers écrits dans ces moments de lassitude revinrent à ma mémoire :

Seul,
Étendu dans le froid,
Je pleure en regardant
L'étoile qui s'en va,
En écoutant le chant
De la douce souffrance
Qu'exalte le silence.

Seul,
La montagne m'enlace
Dans son carcan de glace.

Oui, j'étais seul. En aval de ma position, juste une trace zigzaguait sur les pentes vierges de ce flanc de montagne. La tristesse de la plaine montait en moi comme une vague que je tentais de repousser. Je m'en méfiais ; je connaissais les rivages néfastes sur lesquels cette marée pouvait m'emporter. Après le départ d'Agathe six mois auparavant, j'étais tombé dans une forme de mal-être qui renfermait les symptômes de la dépression. Enfant, j'avais toujours été d'un tempérament émotif. Trop, peut-être ? Toutefois, en grandissant, cette corde sensible s'était peu à peu cuirassée au contact des épreuves de ma jeune vie. Mais lorsque Agathe m'avait quitté, j'avais cru que le monde allait s'écrouler, ou plutôt qu'il n'existerait plus. Dans la douleur de la séparation, je m'étais retrouvé désarmé et sans camouflage. Le départ de la seule femme qui eut jamais compté pour moi avait jeté un voile ténébreux sur mes jours, m'ôtant tout avenir et tuant toute envie. La nuit était tombée.

Mes parents, médecins, m'avaient orienté vers un suivi psychologique au Plateau d'Assy, sur les hauteurs de la vallée de l'Arve, face au mont Blanc. Dans les murs des anciens sanatoriums, plusieurs centres médicaux s'étaient développés et j'étais allé consulter un praticien dans une clinique spécialisée. Au bout de quatre mois de séances, je recouvrais enfin la lumière. C'était en octobre. Je me souviens du soleil, accroché aux arbres du parc de la clinique, déliant les sangles de ma souffrance. Les couleurs chaudes des mélèzes avaient rendu les siennes à mon regard, lequel s'était remis à voir. Le poids du bonheur perdu qu'Agathe m'avait un jour donné avait commencé à se délester.

Des frissons parcourant mon échine me ramenèrent dans l'instant présent. Mon corps se refroidissait. Il fallait maintenant rejoindre Vallorcine.

Secoué par les rebonds de ma godille, mon esprit vagabondait dans l'air pur de cette fin d'après-midi. Quelle extase que de glisser sur la poudreuse ! Portée entre air et terre par un fragment d'eau glacée, ma tête s'enflammait ; les éléments se combinaient pour faire naître le mouvement. Et puis, progressivement, à mesure que la déclivité de la pente s'amenuisait, l'euphorisante décharge d'énergie se réduisit à un simple débit. Les pièces du décor reprenaient leur place dans la quiétude du paysage. Le dernier kilomètre de descente redevint un lent cheminement animé par l'incessant va-et-vient de mes skis alignés sur la trace de montée. Repasser en glissade douce aux endroits où, en sens inverse, la lutte avec la gravité avait été éprouvante procurait une certaine jouissance.

Et, enfin, le retour au bercail. Apprécier… Profiter de ce moment intime réservé aux sportifs méritants, c'est rendre le temps et le monde extérieur étrangers à l'instant, c'est savourer l'apaisante convivialité de sa propre compagnie. En ces premiers jours de février, cette randonnée m'avait prodigué ses soins et j'étais heureux. La douche salutaire prise, mes cours de nivologie laissés sur la table et un thé vert remplaçant le café noir, je m'affalai dans mon étroit canapé gris recouvert d'un plaid rouge et m'emparai d'un vieux livre sur les grandes ascensions dans les Alpes. Parmi les grands itinéraires retracés dans ce volume, je découvris l'existence de la voie Amouriaz en face nord des Grandes Jorasses, cette muraille de granit haute de 1 200 m située dans le prolongement oriental du mont Blanc. Crénelée de plusieurs pointes tendues vers le ciel, cette paroi légendaire offrait un défi grandiose à tous les alpinistes. La voie que Roland Amouriaz avait ouverte en un temps record durant l'hiver 1978 y était décrite avec minutie. Une ligne brisée rouge sur une photographie en noir et blanc indiquait l'itinéraire emprunté jusqu'à la pointe Walker. Partant du glacier de Leschaux, les segments s'enchaînaient les uns aux autres, reliant les points qui symbolisaient les relais.

Entre deux points, apparaissait une dalle ou un surplomb, une cheminée ou une traversée, une goulotte ou une niche remplie de neige.

Après avoir recherché dans l'index en fin d'ouvrage les références à Roland Amouriaz, je parcourus les chapitres consacrés à ses réalisations, lesquelles étaient nombreuses. Beaucoup de photographies le montraient victorieux sur un sommet conquis, la tignasse – à l'époque bien fournie – au vent. Si je reconnaissais bien les traits de l'homme avec qui j'avais discuté quelques semaines plus tôt, j'y découvris en revanche une expression autre. Les années, sans doute, avaient relégué ce sourire de vainqueur dans les pages des livres, le réservant désormais à la seule mémoire de leurs illustrations. Les mots défilèrent sous mes yeux jusqu'à ce que la pénombre crépusculaire envahisse mon logis. Peu à peu, j'entrais dans la nuit. L'espoir de retrouver Roland à *L'Oursine* ne m'avait pas quitté. Il s'était même intensifié au gré de mes lectures. Bien qu'un peu fourbu, je pris donc la direction du troquet.

Couvert d'un duvet de plumes molletonneux, la tête enveloppée dans un bonnet de laine, je franchis les quatre cents mètres qui me séparaient de la taverne. Le climat de gaîté qui émanait de l'établissement produisait un effet comparable à celui d'une tape amicale sur l'épaule invitant à renoncer à la sobriété au nom d'une festive convivialité. Le souvenir de l'énigmatique fin de soirée lors de laquelle j'avais rencontré Roland était bien vivace. Un sentiment mitigé, qui mêlait curiosité et pudeur, s'empara de moi. Je voulais que le guide émérite me racontât son histoire, mais il me paraissait délicat de le lui demander de manière franche. La façon dont il avait mené son existence semblait refléter tout ce qui manquait à la mienne. Combien de fois m'était-il arrivé de déplorer mon chemin de vie, horizontal et méandreux, et d'envier le sien, vertical et direct ? Ainsi, j'ouvris la porte et, scrutant l'intérieur, cherchai le visage de Roland dans ce conglomérat de montagnards. Il n'était pas là.

Une profonde déception m'envahit.

Et pas davantage de Zian entre ces murs. Alors, je me bornai à partager quelques verres avec des habitués qui « s'hydrataient la cornioule »...

Vers 20 heures, je décidai de rentrer après cette soirée sans voyage mais non exempte d'anonyme allégresse. En me dirigeant vers la sortie, je passai à côté d'une table à laquelle je n'avais pas prêté attention.

— Bonsoir, Ian !

— Bonsoir, répondis-je par politesse en essayant d'identifier l'individu qui m'avait interpellé.

Un homme, assis de trois quarts, leva lentement sa main pour me saluer. Et c'est lorsque son regard, provocant mais néanmoins familier, croisa le mien que je reconnus Rodrigue, l'aspirant guide avec qui Agathe était sortie en montagne quelques semaines après m'avoir quitté. Un flot de pensées contradictoires me submergea. La sombre stupeur, l'ivresse de la boisson… Marquant un temps d'arrêt, je lui rendis gauchement son salut en affectant une attitude stoïque.

Rodrigue était de la même promo que Zian et moi. L'été suivant, nous allions sans doute devenir tous les trois guides en même temps. D'une stature athlétique, svelte et élancée, Rodrigue affichait une assurance insolente. Il avait des yeux noirs sous un front conquérant, un visage anguleux sous des cheveux blonds, une voix bien timbrée et un sourire carnassier. Tout nous séparait. Je venais d'une grande cité, il était cet enfant du pays à qui l'on promet tout. Ses parents avaient tenu longtemps un refuge sur la voie normale du mont Blanc. Depuis son enfance, il avait donc développé une endurance exceptionnelle à force de rejoindre, en courant, ce refuge familial perché sur son socle de granit émergé de la glace. Mes excellentes qualités techniques sur les rochers aseptisés s'opposaient à son expérience sur des itinéraires engagés de haute montagne.

Lorsque, pour la première fois après notre rupture, j'avais vu Rodrigue accompagner Agathe sur le terrain, mon sang s'était pétrifié et tout mon ressentiment s'était porté sur lui. Si j'avais pardonné à Agathe son besoin de liberté, j'avais attribué tous les torts à Rodrigue, l'accusant de me l'avoir volée. Depuis ce jour, une rancœur sourde percolait en moi comme un venin. Je m'étais promis de devenir meilleur alpiniste que lui. Je rêvais de le voir chuter du haut de son arrogance, de lui faire payer la douleur qu'il m'avait infligée.

Je parvins toutefois à échanger quelques banalités avec ce détesté concurrent. La météo, les conditions de neige… Je ne voulais surtout pas qu'il me croie affecté par le départ d'Agathe ou jaloux de lui. Figé dans une allure suffisante, il n'avait même pas pris la peine de se lever. Je finis par quitter *L'Oursine* dignement sans rien laisser paraître. Mais, une fois dans la rue, une colère haineuse éclata.

Rodrigue ! Ce prénom courait comme une ombre sur ma ligne de vie. Le chemin vers mon logis ne me permit pas de dissiper mon courroux. Cette soirée avait été calamiteuse. Non seulement je n'avais pas vu Roland, mais trouver cet oiseau de malheur au sein de cette tanière qui me tenait lieu d'asile, avait été insupportable. Arrivé devant ma porte, je sentis que je ne pourrais pas trouver le sommeil. Je descendis donc directement dans ma cave pour récupérer ma paire de skis que j'avais déposée cinq heures plus tôt. Les peaux de phoque étaient encore humides de ma dernière sortie. Enfilant le reste de mon équipement, je rejoignis la nuit pour affronter mes démons. Je partis sur un rythme effréné en direction du col des Posettes. C'était l'itinéraire que Zian avait parcouru le matin même. Je décidai d'avancer tant que mes forces me porteraient. Au milieu de l'épaisse forêt d'épicéas, le faisceau de ma lampe frontale ouvrait les ténèbres devant moi. À la suite de ma randonnée du jour, mes jambes étaient endolories et lourdes, et il me fallut vingt minutes pour retrouver un mouvement délié. Parvenu au col, à court d'air, plié en deux et crachant dans la neige, je stoppai net mon effort. La tension corporelle avait accaparé toute mon énergie vitale et la douleur physique vint moucher ma rancœur. La descente périlleuse en pleine nuit expurgea les derniers relents d'amertume qui m'agitaient. Il était temps de rentrer et d'oublier enfin cette soirée désastreuse. Or, une dernière surprise m'attendait.

Une jolie boule de poils noire et blanche dormait sur mon palier. Un chat. Il ne me semblait pas le connaître. Des touristes l'avaient-ils abandonné ? Le félin, qui à mon apparition ouvrit des yeux suppliants, était blotti contre ma porte. Celle-ci étant mal isolée, il avait probablement recherché le filet de chaleur qui s'en échappait. Par superstition, ou peut-être par attendrissement, je plaçai dans un panier à bûches où traînait une couverture un bol rempli de lait de chèvre trouvé dans mon réfrigérateur.

— Hors de question que tu restes toute la vie avec moi. Demain, tu iras voir ma voisine ou retrouver tes propriétaires !

Son regard misérable me répondit qu'il n'était pas de cet avis.

◆

Je retournais plusieurs fois à *L'Oursine* dans l'espoir de revoir Roland, mais le grand guide était toujours absent. Son histoire m'intéressait à tel point qu'elle en devenait obsessionnelle. Je dévorais tous les articles que je pouvais dégoter sur lui, sur sa carrière d'alpiniste, sur les expéditions marquantes auxquelles il avait participé. J'allais jusqu'à commander sur Internet les ouvrages que je ne trouvais pas ailleurs. Ainsi, au travers des multiples anecdotes racontant ce montagnard qui, quelques semaines plus tôt, n'était encore pour moi que l'ébauche d'un portrait, je pénétrais dans son intimité silencieuse. Au fil de mon étude, je constatais que Roland Amouriaz n'avait pas eu beaucoup de seconds de cordée. Il semblait être fidèle et solitaire dans ses entreprises. Cependant, un alpiniste apparaissait plus souvent que d'autres, un certain Victor Pottuz, grand guide de la même génération, mort en 1988 dans le massif du Mont-Blanc.

En miroir des ascensions de Roland, je retrouvais régulièrement celles de ce Victor. Leurs deux noms étaient associés dans moult récits qui entouraient cette époque et les commentateurs jouaient de leur altérité pour faire ressortir l'ambiance qui régnait alors dans la vallée de Chamonix. Sur la double-page d'un livre, s'opposaient en vis-à-vis deux photos de l'un et de l'autre, la vingtaine, chacun triomphant sur un sommet, distinct mais de même renommée, de l'Himalaya. Je m'égayais de la couleur des cheveux de Roland, aujourd'hui devenus blancs, au temps où ils étaient encore chargés de toute leur mélanine. Portés plus longs, ils flamboyaient sur le cliché, telle une crinière rousse retenant dans ses boucles la sueur et la poussière d'un combat remporté. Physiquement, Victor était très différent. Moins corpulent mais d'une musculature plus saillante, les traits réguliers de son visage encadraient un sourire généreux. Les mèches de sa chevelure noire et ondoyante recouvraient des yeux sombres quoique perçants qui semblaient défier l'objectif. Ainsi, page après page, je découvrais le caractère de Roland Amouriaz, côtoyais son environnement et fréquentais ses compagnons de cordée. Par lecture interposée, je sentais naître une relation sensible entre nous ; avec la puissance évocatrice des mots et des images, cette personnalité historique devenait pour moi, peu à peu, une relation quasi familière.

CHAPITRE 3
Mars

Les fins d'après-midi commençaient à gagner du terrain sur la nuit. J'entrouvris la lourde porte de *L'Oursine.* À l'intérieur, le bruit ambiant des discussions inspirées par la montagne conférait à l'atmosphère du lieu ce caractère que j'aimais tant. Le cliquetis des verres entrechoqués gaillardisait les courtes joies humaines. Le long du zinc, était rassemblé tout le parlement du peuple de la neige. Un tour d'horizon fugace me confirma que mon entrée n'avait suscité aucune attention particulière. Les bouches continuaient de parler et de boire. Et, je le vis. Roland Amouriaz. *Enfin !* Il était là.

Assis sur une chaise de comptoir avec, face à lui, une femme dont je ne distinguais, de dos, que la chevelure blonde. Amusant. Je me dirigeai vers eux en laissant aux quelques pas qui nous séparaient le temps d'imaginer le visage de cette silhouette sensuelle dont les hanches se détachaient gracieusement dans le prolongement du tabouret de bar qui la portait. Ne voulant pas déranger Roland en si charmante compagnie, je m'approchai humblement de la ligne de front, passai derrière la jeune femme et m'installai sur le tabouret voisin libre juste à côté d'elle, face au zinc, faignant de les ignorer. Visant Jean-Yves d'un œil et de l'autre, le profil de trois quarts de cette cariatide de troquet, je ne pus qu'entrapercevoir ses traits. Le nez était assez long, fier, les pommettes saillantes et la mâchoire forte. Une peau claire, rosie par les variations agressives des températures hivernales, laissait présager des gènes anglo-saxons. Quelques mots d'anglais attrapés au vol ne tardèrent pas à me le confirmer. Mais je fus rapidement trahi par ma curiosité, probablement un peu trop prononcée, car Roland me surprit. Venait-il de me lancer un clin d'œil ?

N'ayant pas interrompu pour autant sa conversation, j'en conclus qu'il n'était pas encore disposé à nous présenter. Je lui retournai un petit sourire gêné avant d'interpeller Jean-Yves pour passer commande. Une pinte de stout brassée dans l'une des microbrasseries de la vallée de Chamonix. Un brin engourdi par l'effort physique de mes sorties en peaux de phoque, la bière eut sur moi un effet délassant. Le houblon, absorbé par petites lampées, dénouait muscle après muscle les tensions contractées durant mes ascensions à ski. Bien qu'assis à moins d'un mètre d'eux, l'animation ambiante m'empêchait de capter les paroles qu'échangeaient Roland et sa belle Anglaise.

Mes pensées se perdaient dans la mousse pâle de ma Guinness. Je tentai de deviner ce que je n'entendais pas. C'était surtout la fille qui parlait, d'un ton extatique sûrement provoqué par une conjugaison d'alcool et de fatigue. Je percevais l'enthousiasme dans sa voix exposant les sensations que lui procurait l'ivresse de la glisse. Je la soupçonnais issue d'une mégapole riche et triste, bassin de récupération des élites du monde des affaires pour qui l'exil au milieu des montagnes enneigées avait un goût d'aventurisme pionnier qui venait réveiller leur besoin de retour à la terre. Au cœur de cette vallée reculée, le sentiment d'appartenance à une exoplanète éloignée du système collectif devait être un vrai réconfort. Roland, lui, écoutait sans mot dire.

La femme se retourna soudain pour commander une autre pinte. Dans la continuité de son mouvement, ses yeux dévièrent vers moi et elle esquissa un léger sourire coupable confessant son état d'ébriété. Je forçai un sourire en retour puis, profitant de ce rapprochement inopiné, saisis ma chance et saluai Roland qui n'eut d'autre choix, cette fois, que de me répondre. Oui, il m'avait bien reconnu. Rassuré là-dessus, je reposai de façon un peu maladroite un œil scrutateur sur l'étrangère. Elle était effectivement belle. Du moins, séduisante. Son visage n'était pas aussi pulpeux que ce que j'avais perçu de prime abord – quelques subtiles rides d'expression – mais il appelait gentiment le regard qui ne savait où s'attarder entre la roseur d'une bouche charnue et le vert profond d'iris scintillants. Je comprenais en tout cas pourquoi Roland était accaparé par sa présence.

— Voici Emma, me lança-t-il, et…

Visiblement, le grand guide ne se souvenait plus s'il avait un jour connu mon prénom. Je le sortis de ce mauvais pas en me présentant moi-même.

— Ian, répondis-je en tendant une main qu'Emma saisit fermement, comme pour prouver sa trempe de montagnarde.

Certes, elle avait un charme audacieux, mais légèrement fané. Immédiatement, dans un mouvement de bascule latérale, je lançai mon bras en direction de la grosse poigne rugueuse du guide qui afficha un grand sourire.

— Comment vas-tu, gamin ! m'appela-t-il, flattant par là mon ego en attestant devant le parterre, et surtout devant Emma, que j'appartenais au cercle de ses amis.

La jeune Anglaise ne s'y trompa pas et je notai une étincelle d'estime, ou du moins d'intérêt, s'allumer dans ses pupilles. Au moment où elle se retourna avec sa bière et qu'elle en tendit une à Roland, je me dis que ce n'était pas ce soir que le guide émérite me raconterait sa carrière d'alpiniste. Dommage ! J'avais si soif de goûter à ses aventures ! Peut-être m'étais-je trop impliqué dans mes lectures et le faux sentiment d'intimité que j'avais cru tisser avec lui venait d'être mouché par ce retour abrupt à la réalité. Après tout, ce n'était jamais que la deuxième fois que nous nous rencontrions. Contrit, je me renfrognai dans mon col et me rétablis face au comptoir, dans l'axe de ma chope qui n'avait pas bougé et de Jean-Yves qui essuyait ses verres.

◆

La soirée brilla par sa lenteur. J'étais frustré de ne pouvoir parler avec Roland. Quelques connaissances de Vallorcine – des habitués – vinrent toutefois me sortir de mon esseulement. J'entendais sans écouter ce qu'on me racontait. La neige, la montagne, les touristes… Je restais fixé sur mes pensées en essayant de comprendre pourquoi la vie de Roland Amouriaz aiguisait chez moi une telle attirance. Sans doute, la mienne, un peu morne, avait besoin d'être portée par une autre, plus palpitante. Certes, j'enviais sa naissance dans le berceau de l'alpinisme, j'admirais son parcours d'aventurier et de montagnard talentueux. Jalousais-je pour autant son existence ? Jetant mon indiscrétion par-dessus les têtes des occupants du bar, j'analysais le duo qu'il formait avec Emma. Oui, j'enviais coupablement cette célébrité qui semblait envoûtée par les charmes d'une blonde. Dans ces instants où l'alcool tardif associé à la fatigue estompait la raison, la mélancolie irriguait mon imagination et mon désir de vivre une autre vie se projetait sur les planches du comptoir. Être un grand montagnard, reconnu par ses pairs, apprécié par ses amis, convoité par des clients riches ou beaux… Ne pas avoir peur de s'engager dans les courses les plus exposées, délaisser un quotidien sans attraits et échapper à la monotonie d'un destin sans danger, voilà ce à quoi je rêvais. Je ressemblais à *L'Albatros* de Baudelaire ; j'étais « exilé sur le sol » tel le « prince des nuées », empêtré dans la banalité sans pouvoir m'envoler.

Un peu avant 23 heures, la porte du bar s'ouvrit et lâcha, dans les frimas de mars, les réfugiés de *L'Oursine*. Emma, fourbue et visiblement en goguette, salua le guide instructeur et, prétextant aller se reposer, partit d'une démarche chaloupée assez peu féminine. Roland sembla hésiter à la suivre. Jetant un coup d'œil périphérique, il dut estimer ne pas avoir suffisamment de raisons pour rester et se dirigea alors vers la sortie. En passant près de moi, il me fit un signe de salut. C'était maintenant ou jamais. Je sautai sur l'occasion :

— Roland, vous prendrez bien un dernier verre ?

Il marqua une courte hésitation, puis haussa nonchalamment les épaules :

— Oh, allez... Pourquoi pas !

— Vous le buvez dehors, alors, marmonna Jean-Yves qui venait d'essuyer le comptoir et n'avait visiblement pas l'intention de faire une entorse à ses horaires de fermeture.

— Très bien, allons sous la galerie, proposai-je.

Ceci fit sourire Roland. Sans doute n'était-ce pas la première fois qu'il terminait ainsi ses veillées à *L'Oursine*.

Protégés de la rigueur climatique par l'épaisseur de nos duvets, nous rejoignirent quelques autres adeptes de cette coutume qui avait l'avantage de rafraîchir les esprits enfiévrés des fins de soirée. La température était sibérienne. Froide et sèche. Sous cette coursive menuisée d'épicéa qui bordait l'une des façades latérales du café, la vapeur sortant de la bouche de ces derniers buveurs était si dense qu'elle en paraissait opaque. La lumière d'une lanterne diffractait les couleurs chaudes des différentes variétés de bière, brunes, blondes, rousses ou ambrées, qui irisaient le fond des verres. Roland et moi prîmes place sur un banc, adossés côte à côte contre un mur de pierres apparentes. L'hiver et la nuit étaient à nous. Enfin…

— À la montagne ! trinquai-je en levant faiblement mon verre qui jeta un éclat fugace dans cet abri de bois et de rocaille.

Roland m'imita et porta sa chope à ses lèvres.

— Santé ! ponctua-t-il avant de la reposer d'une gestuelle décidée.

Dans ce « bateau ivre » glissant sur la nocturne poudreuse, nos regards se taisaient, tout comme nos paroles. Ne sachant comment briser ce silence qui, tranchant à côté des conversations exaltées de nos voisins, semblait gênant, je finis par lui demander :

— Vous êtes sortis, aujourd'hui ?

— Oui, un peu de ski de randonnée avec la demoiselle que tu as croisée tout à l'heure. Avec ces conditions de neige, nous ne nous sommes pas trop éloignés des pistes balisées.

— Elle est anglaise ?

— Eh oui ! Tu as remarqué ? Je l'avais emmenée au mont Blanc il y a deux ans.

— Et… vous avez continué à vous voir, risquai-je, désinhibé par la bière.

— Comme tu peux le constater ! confirma-t-il.

Je crus qu'il me scrutait pour surprendre un air de grivoiserie amusée, mais ses yeux vides étaient baissés vers le sol blanc couvert d'ombres.

— Quand comptez-vous arrêter ? Vous êtes encore jeune, mais votre carrière de guide n'a plus besoin que vous rajoutiez des courses à votre liste déjà longue ?

— Non, répondit-il. En effet. Je pourrais arrêter, mais j'ai peur de m'ennuyer. Toute ma vie, j'ai couru après la montagne. Alors, quitte à continuer de sortir, autant qu'elle continue à me rapporter quelque chose.

— J'admire vraiment votre carrière, lui répétai-je encore une fois. Vous savez, vous avez ce qui manque à beaucoup de monde aujourd'hui !

— Ah bon ! lança-t-il. Ma vie n'a rien d'extraordinaire. Et toi, ça se passe comment ta préparation à l'examen ?

— Je m'entretiens… mais j'ai hâte que l'hiver cesse pour me remettre à l'escalade. Le stage d'alpinisme de cet été ne sera pas donné.

— Effectivement, c'est une étape importante. Tu as toujours fait ça ?

— Non. Avant, j'étais prof de français au Lycée du Mont-Blanc, avouai-je. Mais l'appel de la montagne a été plus fort que celui de la littérature. N'étant pas né ici, il a fallu que je cherche ma voie. Et je crois que j'ai fini par la trouver.

— J'aurais bien aimé avoir un prof jeune comme toi. Ça m'aurait peut-être aidé à l'école. Je n'ai jamais trop aimé l'école, moi.

— Vous étiez à l'école à Chamonix? renchéris-je en me rendant compte que nous parlions plus facilement de moi que de lui.

— Oui. À Argentière, puis à Chamonix. Mais j'ai quitté assez tôt. Tu comprends, je voulais être guide, alors pas besoin de trop perdre de temps aux études.

L'atmosphère s'apaisait peu à peu. La neige s'était remise à tomber et la température aussi. Jean-Yves sortit de *L'Oursine* par une porte latérale à quelques mètres de nous et se retourna pour nous souhaiter une bonne soirée. Avec Roland, nous étions à présent les ultimes sentinelles à veiller sur la nuit; tous les autres clients avaient fui. La dernière chose que fit notre tavernier avant d'aller se fondre dans l'obscurité eut un caractère théâtral. Il tira de sa pèlerine une grande bouteille de gnôle et deux petits verres à pied. Il les posa devant nous puis, sans un mot, il disparut.

Mirant ma liqueur dans le dé à coudre que Roland venait de remplir, j'écoutais sa voix traverser le silence du village endormi. La simplicité touchante avec laquelle il s'exprimait maintenant me mettait à l'aise. J'osai enfin lui poser la question qui me taraudait:

— Vous n'avez jamais pensé à raconter vos expéditions et vos aventures ?

— Mes aventures ? Ah, tu sais, je ne suis pas du genre à trop parler.

— Parler, peut-être pas... Mais écrire ? Vous y avez pensé ?

— Oh... Oh, non. Je n'ai pas les capacités de faire ça. Et puis, pas sûr que ça intéresse grand monde.

— Mais si ! Je vous assure ! repris-je. J'ai feuilleté beaucoup de magazines qui relatent vos grandes ascensions. Il y a matière à écrire un livre.

— Je préfère profiter qu'immortaliser ! scanda-t-il d'un air vainqueur.

— Vous êtes comme les jeunes, alors ! Faire des selfies plutôt qu'écrire vos mémoires ! rétorquai-je en rigolant.

Il sourit puis, subrepticement, l'auguste statue se déroba sous les traits d'un enfant timide. Cet état dura quelques secondes. Il n'écoutait alors plus ce que je lui disais. Il semblait se consumer à la braise de quelque mystérieuse mémoire. Et, tout à coup, il se ressaisit dans une moue un peu triste :

— Je préfère garder quelques souvenirs pour moi. Tout n'est pas bon à partager... Et puis, comme je te l'ai dit, je ne serais pas capable d'écrire.

— Ce n'est pas évident, vous avez raison. Mais c'est dommage, je suis sûr que votre témoignage aiderait beaucoup de jeunes alpinistes à faire grandir leur vocation. Ils admireraient la persévérance avec laquelle vous avez fait de si grandes choses. Vous êtes un exemple ! Vous laisseriez une trace à suivre vers un beau sommet.

Mes dernières paroles se perdirent dans les volutes glacées qui traversaient la tonnelle. Sans doute avais-je été trop abrupt et cela avait gêné Roland. La crainte de le voir pleurer à nouveau m'embarrassa subitement. Mais, non. Rien de ce genre. Étonnamment, il reprit la discussion sur un ton résolu en laissant échapper ses mots à travers un demi-sourire insondable :

— Laisse tomber, gamin. Le bruit ne fait pas de bien et le bien ne fait pas de bruit.

Que pouvais-je répondre à cela ? J'étais un peu déçu. N'aurais-je donc jamais, un jour, le privilège de connaître de sa bouche les anecdotes de la vie du grand Roland Amouriaz ? Cependant, malgré cet échec, je gardais espoir. Il lui fallait certainement plus d'élan pour se lancer avec un quasi-inconnu à l'abordage d'un passé qu'il avait l'air de vouloir oublier.

La lumière blafarde, le froid mordant et la boisson amère avaient maintenant sur moi l'effet ankylosant d'un garrot trop serré. Aussi, la fatigue qui m'assaillait à présent me fit prendre conscience qu'il faudrait plus d'un soir pour remonter l'histoire d'un homme aussi monumental qu'une montagne. Je secouai la tête afin de repousser les premiers assauts du sommeil. Sans doute, le guide s'en aperçut car il se leva.

— *Arvi*, Roland ! lançai-je.

— *Adieu don'*! Ça me fait plaisir de parler avec toi.

Et c'est dans la solennité de la nuit que nous scellâmes notre nouvelle amitié d'une poignée de main franche et sincère. J'étais déjà impatient à la perspective de nos prochaines rencontres.

◆

Le retour vers mon antre fut, encore une fois, plus long que l'aller. Un aérosol de cristaux glacés pénétrait par mon nez pour griffer mes poumons. Mes pensées se bousculaient. Ce moment passé avec Roland faisait écho à mes lectures d'adolescent ; je ressentais un bonheur venu de loin. La joie de pouvoir côtoyer ce héros de la montagne se mêlait à l'appréhension de ne jamais pouvoir accéder au continent inconnu de sa mémoire. Tour à tour, vibraient dans mon esprit le portrait du conquérant que l'on voyait dans les livres et celui du vieux sage attablé sur un comptoir centenaire qui, une larme sur la joue, semblait assumer le poids d'épreuves insoupçonnées. Ces réflexions se réfugièrent vite dans l'épuisement qui consumait les dernières clartés de ma raison. La poudre blanche virevoltait à chacun de mes pas, se dispersant dans la nuit en jolis tourbillons. Arrivé sur mon seuil, je regardai une dernière fois le ciel pour tenter d'y voir une étoile… Sans succès. Les seules que je trouvai n'étaient pas là-haut mais à mes pieds. Les yeux brillants du chat qui m'avait déjà rendu visite le mois dernier.

— Tes maîtres ne veulent toujours pas de toi ?

Il s'était pelotonné dans la couverture de laine nichée au fond de mon panier à bois. En passant ma porte, la chaleur me cueillit dans une bouffée. Je fis entrer l'animal. Je ne voulais pas qu'un sentiment coupable m'empêche de dormir :

— Profite de ton sursis ! Considère cela comme une trêve hivernale avant ton expulsion.

CHAPITRE 4
Avril

Les premiers crocus parsemaient les tâches de terrain repris à la neige et les eaux de fonte remplissaient les torrents. En cette demi-saison, les journées comme les sorties à ski s'allongeaient progressivement. Toujours happé par la carrière de Roland, je me lançais dans des recherches encore plus poussées. Après tout, s'il rechignait à lever le voile, rien ne m'empêchait de poursuivre mon enquête dans les livres.

Je découvrais alors les difficultés à ordonner les récits fragmentaires de la vie d'un homme. Je commençais à prendre des notes éparses sur un petit carnet pour essayer de comprendre l'enchaînement des étapes du parcours de l'alpiniste légendaire. La fougue de sa jeunesse dans les années 1970, polarisée par le danger et l'exploit, avait laissé la place, dans la décennie suivante, à des aventures plus exotiques et plus mesurées. Puis, après une césure silencieuse autour de l'an deux mille, sa route vers les sommets avait fini par ressembler à un chemin de sagesse.

Même les topo-guides d'alpinisme étaient pour moi une source d'inspiration dès lors qu'apparaissait, parmi les noms des ouvreurs, celui d'Amouriaz. Mes lignes de notes s'amassaient au fil de ses lignes d'ascensions. Je me pris au jeu de l'exercice et me grisais de chacun de ses records. Je sentis même l'envie de répéter l'une des voies emblématiques que Roland avait ouvertes pour tenter de vivre des émotions similaires à celles qu'il avait pu éprouver. Je voulais m'inviter dans une relation intime entre un homme et une paroi au-delà des frontières du temps.

C'est donc fin avril que j'affrontai la face nord des Grandes Jorasses par la voie Amouriaz, ainsi baptisée à la suite de la performance de son ouverture éclair en 1978. Cet itinéraire austère, engagé et chargé d'histoire allait me faire caresser les granits sur lesquels il avait lui-même posé les mains il y avait quarante ans. La concordance des saisons, entre le printemps d'hier et celui d'aujourd'hui, me permettrait de m'immerger plus profondément. Pour mieux le connaître, rien de tel que de… marcher sur ses traces !

◆

Je retrouvais Zian en gare de Chamonix pour prendre le petit train rouge à crémaillère du Montenvers. Une fois assis côte à côte sur une banquette en bois, je lui demandai s'il connaissait Roland Amouriaz.

— Bien sûr, répondit-il avec enthousiasme, je connais sa renommée ! J'ai dû le croiser une ou deux fois en refuge, mais je n'ai jamais discuté avec lui. Il a la réputation d'avoir un caractère d'ours.

— Je le croyais aussi. Je l'ai rencontré à *L'Oursine* et nos discussions étaient simples et franches. J'ai même eu l'impression qu'il était content de pouvoir parler avec un jeune aspi. Bon, je ne te cache pas qu'on a un peu « mouillé la meule » avec le génépi de Jean-Yves...

— Ça ne m'étonne pas de vous ! dit Zian en souriant. On verra demain dans la Walker sur la voie Amouriaz si Roland te paraît toujours aussi sympathique.

Après vingt minutes à serpenter dans les bois, le tortillard déboucha sur une portion en balcon au-dessus de la Mer de Glace. À travers la vitre, les Drus surgirent, majestueux dans un équilibre vertigineux. Les deux flèches de granit retenues par l'arc-boutant de la chaîne des Ecclésiastiques étaient des pôles qui accrochaient le regard des hommes de la vallée et les poussaient à les rejoindre. Je les montrai à Zian :

— Prochain objectif ?

— C'est vrai qu'on n'a jamais fait les Drus ensemble ! C'est un tort, on met ça sur notre liste de courses !

Le train déboucha au terminal Neige Refuge du Montenvers et nous rejoignîmes la Mer de Glace par la vire des guides. En cette saison, les crevasses sont obstruées et le glacier lustré par les skieurs qui dévalent la Vallée Blanche. Le déplacement jusqu'au refuge de Leschaux allait donc être rapide. C'était dans cette humble boîte de métal ressemblant à un wagon écrasé au pied d'une muraille que nous allions passer la nuit. Le lendemain, à la première heure, nous attaquerions la face nord des Jorasses. Nous avions prévu d'avaler la paroi en deux jours en installant un bivouac à mi-parcours.

Cette marche d'approche fut, comme pour tout alpiniste, un rituel initiatique d'intronisation à la grandeur. Au fur et à mesure que nos pas marquaient de leurs traces la croûte du glacier, la paroi des Grandes Jorasses s'allongeait devant nos yeux. Pris entre la curiosité de l'aventure et la crainte des épreuves à venir, nous avancions silencieusement, attentifs au positionnement de nos semelles sur la glace.

Soudain, sans crier gare, la façade austère des Jorasses apparut. Bien qu'encore loin de l'attaque, la confrontation commençait. Chacun de nos regards lancés vers la paroi cherchait à comprendre le « problème » posé par la montagne pour y déceler, dans l'anfractuosité de la roche, la solution, le chemin. Nous essayions d'y calquer les différentes descriptions lues dans les topos. Nous prononcions à voix haute les conseils de ceux qui avaient ouvert la voie, les annotations de ceux qui l'avaient répétée. En montagne aussi, l'histoire est écrite par les vainqueurs. Le refus de Roland de prendre la plume en était d'autant plus étonnant…

L'arrivée au refuge offrait un moment de répit. Le temps y était suspendu tel un pont entre deux rives. Nous pouvions faire demi-tour et regagner le bord connu ; ou franchir le pas et nous lancer vers l'inconnu. Nos épaules se déchargèrent de leur fardeau de cordes et de quincaillerie. Nos muscles se dénouaient tandis que nos esprits se concentraient sur la préparation du combat. Les sacs furent défaits, puis refaits plusieurs fois afin d'être parés au départ. Nos baudriers habillés de métaux scintillaient sous les reflets du poêle.

Zian et moi dînâmes en échangeant quelques banalités pour conjurer l'anxiété du lendemain. Puis, sans nous concerter, nous nous allongeâmes sur des paillasses inconfortables, enroulés dans de vieilles couvertures. À défaut de se reposer, il fallait faire passer le temps.

Je n'ai jamais réussi à trouver le sommeil en refuge ; trop de tension vers l'avenir tyrannise l'instant présent. Le refuge me sembla soudainement plus froid. Le foyer du poêle absorbait la chaleur au lieu de la diffuser et je sombrais doucement dans une semi-conscience lugubre qui me donnait la nausée. Je ne voulais plus y aller. Cette montagne me faisait peur. Je ressentis le néant m'envahir. Depuis déjà quelques heures, Zian, étendu tout près, ronflait légèrement. *Le salaud, il dort !* C'est sa présence qui me réconforta. J'étais heureux de faire cette course d'envergure avec lui. Nous formions une belle cordée. Ce véritable Vallorcin, fils d'agriculteurs, était un camarade précieux. Après avoir longuement hésité à reprendre l'exploitation familiale, il s'était finalement tourné vers une carrière de guide, plus dangereuse, moins accaparante, mais tout aussi exigeante. Lui aussi avait été emporté par l'appel de la montagne. Bien qu'il fût un peu plus jeune que moi, nous

nous complétions et avions déjà réalisé plusieurs grandes ascensions. Zian aimait les situations claires et solides. Faisant preuve de bon sens, il ne se payait jamais de mots. Son visage poupin auréolé de cheveux châtains coupés toujours très courts se haussait sur un large torse laissant figurer un confort discret. Sa carrure massive développait une force brute. À côté de lui, je faisais figure de gymnaste, usant d'agilité technique et d'endurance. C'était surtout notre capacité à nous comprendre sans nous parler qui faisait de nous une cordée efficace. Souvent silencieuse…

Je rajoutai un peu de bois dans le foyer du poêle. Il allait se consumer jusqu'au lever.

Trois heures à l'horloge. Le réveil retentit. Il était temps d'y aller. Comme un soldat qui entend le clairon sonner l'assaut, j'enchaînais mécaniquement les gestes qui me poussaient vers la sortie, vers l'acte salvateur. Sans un regard vers Zian, sans une parole, je sentais sa présence dans l'obscurité ; je savais qu'il effectuait les mêmes gestes que moi. Le contraire du néant n'étant pas « l'être », mais bel et bien « le faire », nous quittions le refuge du néant pour la scène de l'action.

Dehors, les étoiles dormaient encore et se mêlaient aux cristaux en suspension dans l'air. Un vent puissant agitait ces paillettes d'argent devant le faisceau de nos lampes frontales. À travers cette immensité noire au milieu de laquelle nous baignions, il fallait avancer. Nos yeux basculaient du ciel inaccessible vers le sol qui supportait nos pas.

Le quartz du granit crissait sous nos crampons. Quel effroyable bruit que ce grincement métronomique des lames perforant la glace et entaillant le roc ! Sans réfléchir à la signification de cette marche, nous laissions les choses se faire. Le sommet, ce lointain objectif que nous imaginions sur nos têtes, était l'unique aimant de notre boussole.

Une heure nous suffit pour rejoindre la rimaye sous la pointe Walker. Cette béance entre le glacier et la paroi fut franchie au moment où les pâleurs de l'aurore effaçaient les étoiles. Tandis que je m'affairais à visser une broche sur la lèvre supérieure, je perçus sous ma droite une présence éloignée, le vague mouvement d'une forme, un léger cliquetis de métal se perdant dans la brise montante. Avais-je rêvé ? Une autre cordée ? Nous étions pourtant seuls au refuge, cette nuit. Je regardai derrière moi dans la pénombre en suivant la corde pour trouver Zian en train de m'assurer. Ne s'était-il pas déplacé davantage sur la droite ? Mais non. La corde tombait droit en dessous de moi, en direction du relais inférieur.

Un second cliquetis.

Le contour d'un casque rouge entre deux ressauts de neige. Plus de doute, en aval sur notre droite, une autre cordée opérait. Nous avions des poursuivants. D'où pouvaient-ils bien venir ? Peut-être directement du Montenvers, en partant trois heures avant nous ? Ils avaient dû décider de braver ce glacier de nuit. Quelle malchance ! Se retrouver à deux cordées à l'abordage du même éperon !

L'intimité avec la voie que Zian et moi avions choisie pour sa confidentialité était violée. Face à cette agression, il fallait réagir. Accélérer. Reprendre et faire valoir nos droits sur cette voie Amouriaz que nous avions attaquée les premiers. Ainsi, je redoublais d'énergie. Zian, comme toujours, me comprenait tacitement. Sans un mot. Sans me voir. Quitte à prendre des risques, nous devions être en haut avant eux. Je finissais à peine le nœud qui reliait les deux broches du relais que mon compagnon s'élançait sans être assuré. Au mou que j'avalais, je sentais la détermination de sa progression. Il arriva à mon niveau et, silencieux, nous repartîmes corde tendue jusqu'au relais suivant. Nous marchions dans une pente à soixante degrés sans point d'assurance entre nous. L'un derrière l'autre. Si l'un tombait, nous mourrions tous les deux.

Nous arrivâmes au pied de la voie. Un coup d'œil derrière mon épaule m'indiqua que nos concurrents sortaient de la rimaye. Le jour pointait. La nuit n'était déjà plus qu'un souvenir. Le combat commençait.

◆

Et les longueurs s'enchaînaient. Notre cordée essuyait difficulté après difficulté. Nous évitions une goulotte de glace sur notre droite peu formée. Le vent des derniers jours avait bien séché la paroi et de la glace noire ressortait par endroits. Notre progression était délicate et lente. Nous luttions contre trois adversaires. La montagne que nous voulions, nous-mêmes dont nous redoutions la défaillance, et le duo que formaient nos poursuivants. Nous ne les connaissions pas. À peine avions-nous aperçu la couleur tomate de leurs casques sous un rayon de l'aube. Mais s'ils m'inspiraient un tel sentiment d'hostilité, c'est qu'une intuition m'habitait. Leur présence nous cachait quelque chose ; cette coïncidence revêtait une dimension particulière qui ne sentait pas bon du tout. C'est au premier tiers de la voie, au centre de la muraille des Grandes Jorasses, que cet oracle funèbre se confirma. Lors d'un relais nous permettant un repos précaire, je reconnus ce visage, cette incarnation de toutes mes détestations. En un éclat, trente mètres plus bas, la face de Rodrigue venait de m'apparaître.

Je manquai d'en perdre l'équilibre. Zian, extrêmement réactif, agrippa ma longe pour que je ne glisse pas. Cette secousse me réveilla. L'excitation du duel qui se profilait attisa ma volonté. Je valais mieux que lui ! J'étais un meilleur guide ! Agathe avait eu tort de me quitter ! Et j'allais le prouver. Mais j'avais l'esprit engourdi par la raréfaction de l'oxygène et mes idées s'emmêlaient confusément. Alors que j'aurais dû me concentrer sur mes gestes et ma technique, je me focalisais sur des émotions et des images. C'est Zian encore qui, devant mon émoi, reprit les choses en main et relança la dynamique de notre ascension. Notre cordée se remit en mouvement et progressa en suivant les fractures granitiques qui rainaient la paroi monumentale.

La montée se passait bien. Toutefois, le supplément d'énergie que j'engageais pour devancer nos rivaux nous faisait prendre le risque d'un épuisement prématuré. Mes mouvements n'étaient pas fluides et je mettais plus de forces que nécessaire à la stricte élévation de nos corps. Zian, qui avançait plus prudemment, s'en agaça à plusieurs reprises :

— Ralentis ! Calme le rythme !

C'est lui qui imposa une halte :

— Mollo, l'artiste ! T'as un train à prendre ?

— Non, lui répondis-je, énervé. Mais on perd du temps !

— Quel temps ? On ne rattrape jamais le temps perdu !

— Oui mais le temps qu'on n'a pas perdu ? Faut bien le conserver !

Là, nous faisions semblant de nous entendre. Cet échange devenait stérile.

Cinq cents mètres plus bas, le glacier de Leschaux. Cinq cents mètres au-dessus, l'arête sommitale. Nous en étions donc à la moitié de la face. Assis sur une vire inclinée, nos longes tiraient sur un relais renforcé pour permettre à nos muscles et nos esprits de se relâcher. Nous nous taisions ; aucun de nous ne voulait briser le silence opaque. Cette pause déliait nos sentiments. La peur de la chute, contenue jusque-là dans l'action, réinvestissait nos consciences. La crainte de l'échec, synonyme de mort dans ce type de courses engagées, assaillait notre mental. C'est un nouveau combat qui débutait. Celui de la volonté contre l'angoisse.

Hissés à cette hauteur dans la face nord des Grandes Jorasses, nos yeux se portèrent instinctivement vers le fond de la vallée. Là-bas, en piémont, s'éveillait la vie fleurissante du printemps. Ici, sur cette vire, régnait le néant dans l'austérité. Nos pensées allaient et venaient entre l'écrin cotonneux de la plaine et le cercueil cristallin de la paroi ; suspendus dans le vide, nous les rattachions à nos proches, restés en bas, veilleurs attentifs des signes de la montagne. La beauté d'un visage, la douceur d'une peau ou la profondeur d'un regard contrastaient avec la rugosité de la roche, l'âpreté de l'atmosphère hypoxique et la rigidité de nos membres moulus.

Puis le mouvement reprit. Le sommet était au-dessus de nous, nos concurrents en dessous. Au début d'une traversée périlleuse, je découvris deux vieux pitons corrodés qui ne tenaient plus en place dans leur fissure trop large. Ces objets sans éclats m'émurent naïvement. Des vestiges de l'ascension de Roland en 1978 ? Attaché au symbole, j'en récupérai un dans l'idée de le rendre au grand guide lors de l'une de nos prochaines soirées à *L'Oursine.* J'essayais d'imaginer la tête qu'il ferait.

Quel sentiment pourrait bien susciter un vieux clou rouillé fiché dans une roche oubliée ?

◆

À 18 heures et 3 600 m d'altitude, nous cherchions un emplacement de bivouac dans cet océan de pentes. En rive gauche, une niche remplie de neige parut envisageable et, après une heure de terrassement, nous étions semi-assis sur une banquette. Dans cet environnement précaire, tout nous semblait en déséquilibre. La gravité n'avait plus d'orientation et le moindre geste devait être réfléchi afin de ne rien laisser tomber. Uriner au travers des sangles de notre baudrier requérait une dextérité de pickpocket, faire chauffer de l'eau nécessitait la concentration d'un chirurgien. Nos repères étaient noyés dans l'écume de la nuit. Posés l'un à côté de l'autre, Zian et moi nous passions le quart rempli de soupe dans laquelle nous trempions des biscuits secs. Le liquide brûlant tapissait nos œsophages et dénouait nos maxillaires endoloris par le froid.

— Quelle plaie d'avoir une cordée concurrente, maugréai-je entre deux gorgées. Tu penses qu'ils ont pris une variante ?

— Possible, je ne les ai plus vus depuis la fin d'après-midi. Ils ont peut-être rejoint la voie Bonatti, me répondit mon compagnon de cordée avant de poursuivre en me fixant pour essayer de m'arracher un indice :

— J'ai cru que c'était Rodrigue, le gars de notre promo.

— Oui, tu ne te trompes pas, lâchai-je dans un relent d'amertume. C'est bien lui. Je l'ai reconnu lorsque nos relais étaient proches.

Zian saisit ma rancœur et reprit :

— Bon, c'est pas très grave, tu sais. Nous ne sommes pas propriétaires de la montagne et ce n'est pas une compétition. Demain, on repartira calmement. On s'est un peu emballés sur les dernières longueurs, aujourd'hui.

— On verra. Je déteste ce gars, bougonnai-je.

— Ah ? Il est plutôt sympa.

— Zian, tu trouves tout le monde sympa !

— Il y a un rapport avec Agathc, c'est ça ?

Je ne voulais pas lui parler d'Agathe, même si j'imaginais qu'il savait ce qui nous avait reliés elle et moi par le passé, et ce qui aujourd'hui nous séparait. Bien que mon amitié pour Zian fût profonde, je me confinai dans le mutisme.

— Écoute, Ian, je ne sais pas ce qu'il t'a fait, et je ne veux pas le savoir, conclut Zian, mais quoi qu'il en soit, ce n'est pas une raison pour se précipiter. Demain, on attaque dans le dur, il faudra s'économiser.

— Oui, oui... Allez, on dort !

Encore une fois, le sommeil ne venait pas et j'essayais d'écouter le silence comme on s'abandonnerait à une berceuse. Mais le silence était rare. Le vent, incessamment, arrachait des cris à chaque particule de matière. Les courants aérologiques soufflaient sur chaque objet comme dans les tuyaux d'un orgue pour en tirer un son, une musique. Et quand ce concert s'interrompait, c'était alors le craquement de la terre qui remplissait l'immensité de l'espace entre les parois entrées en résonance. Le mont Blanc, à une dizaine de kilomètres sur notre gauche, à la fois si lointain et si proche, dominait de sa masse éclatante, écrasante, les vallées assombries qui s'étendaient à ses pieds. D'une froide et hautaine expiration, il versait sur les chalets chétifs sa poussière de gel qui nourrissait les rêves aventureux des hommes. Depuis notre vire incertaine, par moins vingt degrés, Zian et moi jouissions d'une agréable insécurité.

Six heures. Enfin l'heure bleue ! Le noir céleste s'estompait au-dessus de l'horizon. La montagne autour de nous virait au bleu de nuit, puis au bleu marin... Il fallait repartir avant que le ciel ne reprenne totalement ses droits sur sa robe de jour. Réanimant nos membres engourdis, nous réinvestissions progressivement notre environnement. Pendant que Zian mettait la dernière main au rangement du matériel, je contemplais notre cadre. Surtout, j'essayais de localiser nos concurrents. Ils *devaient* être là ! Quelque part sur cette paroi de mort où nous étions des zombies. La certitude de leur présence ne m'avait pas quitté. Scrutant l'opacité de la face, mon regard cherchait un indice, une trace, une preuve. Se pouvait-il qu'ils eussent abandonné ?

Hélas...

Soudain, dans une excavation de la falaise, à une quarantaine de mètres sur notre droite, j'aperçus fugitivement ce casque rouge que je maudissais tant. Rodrigue se trouvait sur une ligne parallèle à la nôtre. Il n'avait pas renoncé. *Vers 15 heures, nous serons au sommet. Avant eux !* me promis-je. De toute façon, nous avions calibré au plus juste nos vivres pour gagner en poids et ne pouvions pas envisager raisonnablement une seconde nuit de bivouac en paroi. Zian était prêt. Je le laissais entamer la longueur. Après deux cents mètres de goulotte à soixante-quinze degrés, nous avions hâte de découvrir la dernière partie de l'itinéraire.

À notre grand regret, celle-ci se révéla rude : une rampe de droite à gauche, très raide, avec du rocher moyennement solide. Une dizaine de longueurs dont la cotation nous semblait au-dessus de ce que nous avions imaginé nous attendait. L'ambiance était apocalyptique. Mais la compétition avec Rodrigue, dans laquelle ma haine m'avait jeté, se ravivait. J'enrageais. N'ayant pas plus de patience, ni pour la réflexion ni pour les discussions avec Zian, que la veille, je mobilisai à nouveau toutes mes forces pour attaquer sans relâche la paroi monstrueusement verticale. Je m'appliquais à raccourcir au maximum les pauses lors des relais en m'agitant de façon irrépressible. Et, à nouveau, mon camarade de cordée, inquiet de mon comportement, m'en fit la remarque :

— Prends ton temps ! À dépenser trop d'énergie, nous allons droit à la faute.

— Je vais bien. Si tu n'veux pas passer devant, je peux enchaîner les longueurs ?

— C'est pas ça ! Mais t'as l'air de te précipiter. C'est pas une compétition de vitesse !

— Si ! J'y vais.

Malgré son regard rempli d'incompréhension, il n'osa risquer de provoquer la colère qu'il devait voir sourdre sous mes traits. Zian était d'un caractère calme et d'une sérénité absolue ; il était un morceau de cette montagne qui s'obstinait face aux événements sans jamais plier. Quand il rencontrait un obstacle, il attendait, réfléchissait, et si celui-ci ne cédait pas, il trouvait un autre chemin. Quel grand alpiniste ! J'avais tant d'amitié et de respect pour lui. J'aurais aimé lui ressembler. Même si, sur le rocher ma technique était meilleure que la sienne, son mental m'impressionnait. Mais en cet instant, nos différences se creusaient. Au lieu de se compléter, elles nous séparaient. Accaparé par la présence de cette cordée rivale sur le même éperon, je voulais arriver le plus vite possible au sommet tandis que Zian mettait un point d'honneur à ne négliger aucune précaution. Sa rigueur, que j'admirais chez lui d'habitude, à ce moment, m'exaspérait.

Je donnai donc l'attaque à l'une des longueurs les plus ardues et les plus exposées. Il s'agissait d'un dièdre vertical recouvert partiellement d'une fine couche de glace. Armé de mes deux piolets, j'appliquais toute ma détermination pour passer en force les difficultés qui s'enchaînaient. Mes jambes tremblaient, mes pieds frappaient la glace avec hargne, mes lames d'acier martelaient le granit. Soudain, une assiette de glace s'arracha sous la traction d'un piolet et vint s'écraser sur le casque de Zian dix mètres en dessous.

— Fais gaffe, Ian, bon sang !

Ce ton qui tranchait avec la voix généralement si posée de mon compagnon de cordée confirmait que je jouais avec nos vies.

— Ouais. J'fais gaffe !

J'arrivais à peine à parler. Mon pouls battait fort et vite à l'intérieur de mes oreilles. Dans un effort rageur, je poursuivis ma progression dans ce passage calamiteux. Cette montagne ne pouvait pas nous résister ! Sans prendre le temps d'analyser la morphologie du rocher devant moi, je m'engageai frénétiquement dans une petite cheminée déversante. Cette fois, mon crampon dérapa sur une glace trop fine et je faillis perdre l'équilibre. Tout se tut autour de moi. J'imaginai le trou dans l'air qu'aurait fait mon corps en tombant. Je sentis la mort souffler dans mon dos. Retenu par mes piolets dans ce surplomb, je distinguais le dernier piton, cinq mètres en dessous : j'avais l'impression qu'il était prêt à s'éjecter de la faille. Tétanisé, je me concentrai et cherchai sous mes pieds l'aspérité salvatrice. La pointe de mon crampon finit par accrocher un quartz affleurant. Libérant mes dernières forces dans une extension furieuse, je poussai sur mes jambes en direction de la sortie. Le quartz se fissura. Je l'entendis s'effriter. Mon talon glissa à l'air libre. La pointe du piolet qui supportait alors tout mon poids pivota dans l'aspérité de la roche, puis s'éjecta. Je basculai dans le vide.

◆

Je tombais. J'allais mourir. Zian allait être entraîné avec moi et nous allions mourir tous les deux. Mon coude frappa violemment le granit. La paroi me renvoya loin d'elle. Je vis l'un de mes piolets s'envoler vers le glacier en contrebas. Je sentis l'accélération de ma chute remonter dans mon ventre. Je n'en finissais pas de tomber… Pourquoi était-ce si long ? Quand allais-je enfin m'écraser ?

◆

Un choc terrible secoua tout mon corps. Je me tassai dans mon baudrier. Le piton avait miraculeusement tenu dans la fissure. Zian avait pu absorber ma chute en dynamisant l'assurance. J'étais maintenant suspendu par la corde, pendulant, pantelant. Ne restait plus qu'un seul piolet, qui se balançait à mon poignet par sa dragonne. L'autre avait sombré au fond de l'abîme.

Une forte douleur dans mon bras m'irradia tout entier. J'entendais Zian me dire de redescendre au relais, mais je ne l'écoutais pas. Il me descendit en moulinette de quelques mètres et je parvins à reprendre pied dans la voie sur une petite vire.

— Ça va aller ? me demanda-t-il.

— Oui, je m'y suis mal pris, mais ça va l'faire, répondis-je en serrant les dents, agacé par la douleur lancinante.

— Ian, tu devrais redescendre au relais et te reposer un peu. T'as pris un sacré plomb !

— Non, non, ça va aller. J'ai compris comment franchir le passage. Et puis on perdrait trop de temps.

— Il te manque un piolet ! Fais pas l'con ! Repose-toi au moins quelques instants !

— Allez ! J'y vais, repris-je, mettant fin à la discussion sans lui laisser le choix.

À l'instinct, oubliant tout ce qui m'entourait, je repartis avec la force du condamné en direction du dièdre. Tant que je respirais, j'espérais ! La décharge d'adrénaline de la chute m'avait redonné suffisamment de lucidité pour comprendre ce passage que j'avais sous-estimé. Après avoir renforcé les protections, je l'abordai plus méthodiquement. Je saisis une petite prise en main gauche – une phalangette – et mon piolet restant en main droite vint crocheter une microfissure. Mon pied droit dénicha un petit relief sous le surplomb. Je passai très doucement en traction à l'appui de ce point en maintenant l'équilibre avec le pied gauche en adhérence sur le rocher. Déplaçant doucement le poids de mon corps, je libérai fébrilement ma main gauche vers une autre aspérité, plus haute. Mon pied droit remonta en tâtant la paroi pour déceler une nouvelle prise… et la trouva. Quelques mouvements pour me rétablir et le passage fut franchi !

Après cette nouvelle longueur très éprouvante, j'avais enfin atteint un endroit propice à un relais. Zian m'y rejoignit. Il m'observait, le regard fermé. Et sans un mot, il repassa en tête. Nous étions alors à seulement trois cents mètres du sommet. Il était midi. C'est à cet instant précis que tout devint un enfer.

Que mes forces me lâchèrent. Plus d'influx. Les mauvaises nuits, les efforts exagérés de la veille, l'anxiété qui ne m'avait pas quitté depuis l'apparition de Rodrigue et surtout cette chute, me laissaient abattu et vulnérable. Mon coude me faisait souffrir. La contusion due au choc irradiait mon bras et l'entravait dans ses mouvements. Et puis, il ne me restait qu'un piolet pour affronter cette dernière partie qui recelait encore tant de glace. C'était à mon tour de passer devant, mais je ne tentai même pas d'attaquer la longueur.

— Je n'y arriverai pas, Zian. Je ne sais pas ce que j'ai... Plus de jus. Je n'y arriverai pas. Je n'y arriverai pas...

— J'y vais. Donne-moi l'matos. Faut pas qu'on traîne. Il nous reste quatre heures pour sortir au sommet, sinon c'est un bivouac supplémentaire.

Zian savait que la situation pouvait devenir dramatique. S'il devait désormais rester premier de cordée en permanence, le temps d'ascension allait être rallongé car cela impliquait de s'échanger le matériel et relover les cordes à chaque relais. Surtout, Zian allait dépenser plus d'énergie que si nous alternions les passages en tête. Or, nous n'avions pas de quoi bivouaquer une nouvelle nuit en paroi. Tout ce que nous avions, c'était quatre heures. Cette face nord des Grandes Jorasses avait déjà englouti tant d'alpinistes, aujourd'hui oubliés. S'arrêter, c'était mourir. Je regardais comme un spectateur extérieur mes mains de marbre. Le monde qui m'entourait coulait dans mon cerveau comme un filet d'eau sur une paroi minérale.

Des troubles amnésiques s'emparèrent de moi au cours de ces heures ultimes. Durant nos brefs instants de répit, j'entendais vaguement Zian me demander si j'étais encore capable de l'assurer... Il prenait le risque inouï de poursuivre en tête, sachant que je ne pourrais sans doute pas le retenir en cas de chute. Il s'élevait lourdement vers le ciel, la mine sombre et crispée, aplati sur le rocher. Mes mains tenaient maladroitement le descendeur dans lequel coulissaient les cordes de sa survie, mais mes réflexes musculaires me permettaient toutefois de donner le mou nécessaire ou de ravaler les brins de rappel. Arrivé en « bout de corde », je partais, tel un somnambule, dans la voie. Très lentement, sans grande conviction, j'effectuais des gestes. L'écho lointain de la voix de Zian me rattachait à la paroi et me guidait. Je sentais la corde tendue me tirer vers le haut. Ainsi, miraculeusement, je suivais sans tomber. À force de ténacité, animés par l'énergie du désespoir, nous progressions. Et, à 20 heures, le sommet. Nous y étions !

Rétablis sur le dôme de neige de la pointe Walker, les yeux tournés vers le ciel, les bras écartés, la poitrine ouverte, nous sentîmes alors nos cœurs s'envoler pour rejoindre cet univers de glace et d'étoiles. Mais la joie fut amère et de courte durée. Il nous restait la descente. Longue, dangereuse, fatigante.

Bien qu'exténué, Zian garda la tête de la cordée. Il avançait posément, les yeux fixés sur le sol. Le froid et la douleur paralysaient maintenant complètement mon bras contusionné et je suivais son sillage comme un automate. Je ne passais devant que lors du franchissement des ressauts rocheux. Une croûte de neige dure que nous cassions jusqu'à nous enfoncer jusqu'au bas-ventre nous torturait. Mais d'autres traces devant nous ouvraient la route. Une cordée nous avait précédés. Le visage arrogant de Rodrigue se rappelant alors à mes esprits raviva l'aiguillon de ma haine :

— Ils nous ont doublés ?

— Oui… confirma Zian d'un ton lassé de reproche. Mais qu'importe, Ian. Allons-y ! On va y rester, sinon.

Je ravalai ma rancœur. Je sentais bien qu'elle avait failli nous coûter cher. Nous perdions rapidement de l'altitude. Ma lucidité revenait. Silencieusement, j'enrageais d'avoir risqué nos vies. Zian était un camarade de cordée exceptionnel que mon orgueil avait failli tuer. Cette montagne nous donnait tant de joie.

Pourquoi n'avais-je pas su la préserver ?

◆

Nous arrivâmes au refuge d'hiver de Boccalatte à minuit. Une demi-douzaine d'alpinistes étaient attablés en silence, Rodrigue et son compagnon de cordée se tenant dans un coin. Zian et moi prîmes place près du poêle après avoir déposé nos sacs dans le dortoir.

Un bol de soupe brûlante entre mes mains – c'est tout ce qu'il nous restait –, je ruminais notre victoire cuisante. Nous avions vaincu la voie, mais à quel prix ! Dans la pénombre enveloppante de la salle commune, je distinguais les traits de Rodrigue. Il narrait d'un ton grave son ascension à des Italiens admiratifs. Nous nous saluâmes de loin, comme deux loups rivaux d'une même meute. L'hargneuse jalousie remontait en moi. « *La haine est un ivrogne au fond d'une taverne, qui sent toujours la soif naître de la liqueur* » me rappelais-je en pensant à Baudelaire. Fatigué mais triomphant, Rodrigue avait gagné. Il avait effectué sa course de très belle manière, prouvant qu'il était un excellent alpiniste. Quant à moi, je me sentais l'âme d'un perdant, indigne d'être encordé avec un montagnard tel que Zian qui m'avait fait la confiance de me confier sa vie. Combien de fois avait-il dû se voir mourir ? Où donc avait-il puisé la force de nous conduire tous deux à la sortie des épreuves ? Je me couchai harassé, hanté par des idées noires. L'orgueil nocif de ma fuite en avant, ma défaillance dramatique sur la voie, le spectre de la mort qui attendait ma chute… Les images dansaient à la frontière des songes. Je finis par m'endormir dans le souvenir d'Agathe, contre la chaleur évanescente de son corps.

Au matin, les prairies de crocus de Planpincieux, dans le Val Ferret italien, nous cueillirent. Zian avait retrouvé ses forces. Son visage émacié affichait de nouveau un sourire. Mais ce n'était pas exactement celui que je lui connaissais. Un froncement furtif à la commissure de ses lèvres révélait une blessure. En dépit de ses efforts pour n'en rien laisser paraître, je sentais que quelque chose entre nous s'était brisé.

CHAPITRE 5
Mai

Il s'était mis à neiger. Une neige lourde, humide, qui faisait ployer les branches et cassait même celles qui avaient trop prétentieusement exhibé leurs premiers bourgeons. La blancheur tenait peu sur le sol noir. Je marchais en direction de *L'Oursine*, pataugeant dans une mélasse qui mouillait le bas de mon pantalon. J'étais dépité.

Après cette course aux Grandes Jorasses que j'avais vécue comme un échec, j'aurais tant aimé pouvoir savourer le printemps et ses symboles d'un bonheur espéré. Des parois sèches, des gentianes fragilement déliées sur le bord des chemins, des concertos pour merles et marmottes… Au lieu de cela, la grisaille, le froid. *Vivement que je retrouve l'environnement accueillant du bistrot!* La perspective de sa lumière ambrée diffusée sur son comptoir me fit accélérer le pas. Il me tardait d'oublier l'extérieur, ce si gris paysage. Oublier l'intérieur sombre de mon âme. Arrivé à destination, je me précipitai sur un tabouret et commandai. Jean-Yves et quelques attablés avaient déjà eu connaissance de l'ampleur de notre réalisation avec Zian. Mais ils ignoraient la façon dont cela s'était passé. Ils n'avaient retenu que la peinture finale et ne savaient rien du labeur de l'artiste qui avait précédé son accomplissement. Je ruminais. À mon sens, j'avais perdu. Si j'avais entrepris cette course emblématique, c'était pour comprendre Roland Amouriaz à travers les sentiments qu'il avait pu éprouver, les difficultés auxquelles il avait été confronté. Bien loin de cela, je me sentais indigne du grand guide et la connaissance de son monde m'échappait encore plus. Je repris un verre. Puis un autre. Puis encore un autre…

Alors que le jour s'assombrissait à l'approche du soir, la porte s'ouvrit et laissa apparaître dans son embrasure la masse imposante de Roland, la tête enfoncée dans ses épaules. Dès qu'il eut attrapé mon regard, il salua à la cantonade les clients dispersés et vint s'asseoir avec moi au zinc. Son arrivée me réchauffa. Je survolais alors le récit de mon ascension, sans trop m'attarder, ne livrant que quelques détails pour satisfaire les curieux qui s'étaient approchés de nous. Je décrivis l'enchaînement des faits. Ce que mes auditeurs prenaient pour de la modestie n'était qu'une gêne silencieuse. Puis, Roland et moi allâmes nous attabler face à face au fond de la salle, le long d'une fenêtre qui donnait sur ce paysage de printemps trempé par une neige humide. Je sentis le besoin de me confier. Je lui parlai de la présence de la seconde cordée.

— Trouver de la concurrence dans cette face et en cette saison, c'est rare ! Ils étaient du coin ? s'enquit Roland.

— Oui, un autre aspirant de notre promo.

— Bon. Ça arrive ! Mais vous vous en êtes bien sortis, affirma-t-il.

— Je sais bien, soupirai-je sans conviction.

Pourquoi le destin s'obstinait-il à me faire tomber sur ce Rodrigue et jusque dans les parois les plus reculées ? Roland, enchaînant les pintes lui aussi, me raconta à son tour sa fin de saison de ski. Sa cliente, Emma, était repartie quelques semaines outre-Manche. Elle allait revenir à l'été et « pour toujours », lui avait-elle dit. Il se méfiait. Jurisprudence sans doute ! Il semblait cependant amoureux d'elle comme un adolescent. Ce guide qui allait bientôt avoir 64 ans, à la peau burinée par une vie de combat contre la rudesse des éléments, parvenait encore à s'endormir dans les bras voluptueux d'une beauté de vingt années sa cadette. L'éternelle jeunesse de l'amour le préservait des assauts d'une vieillesse à l'affût.

Nous ne cessions plus de boire. Moi je fuyais l'échec de ma course, lui fuyait la débâcle du temps. Après un certain nombre de verres, l'alcool avait fait tomber les paravents qui protégeaient mes dernières longueurs aux Jorasses.

— Je ne m'explique toujours pas pourquoi j'ai perdu mes moyens… Le désir de devancer l'autre cordée a consommé mon énergie ! maugréai-je.

— Ça arrive, un petit coup de mou, me répondit Roland, non sans une pointe de paternalisme se voulant minimiser ma défaillance. Se tirer la bourre avec une autre cordée, ça arrive souvent.

— J'ai bien failli faire chuter la nôtre… et entraîner Zian vers la mort.

J'avais parlé sans trop faire attention à mon interlocuteur, mais en relevant la tête, je retrouvai cette expression sombre et triste que je lui avais déjà vue lors de notre première rencontre. Le guide semblait traquer dans les paréidolies de la table d'épicéa une image du passé qui s'y serait dissimulée. J'avais raconté mon histoire avec une amertume rageuse… Avait-il reçu mes paroles avec douleur ?

— Désolé de vous embêter avec ça, dis-je. Oublions cette course.

— N'en parlons plus, effectivement. Mais certaines courses sont parfois longues à oublier, lança-t-il. L'important, c'est d'en tirer des leçons. Cet épisode doit forger ton expérience.

Je scrutai son regard. À quel type d'enseignement pouvait-il bien penser ? Il dut percevoir mon interrogation. Son sourire revint :

— Dans ce cas précis, ce qu'il faut que tu retiennes, c'est le P.F.H. !

— Le P.F.H. ? demandai-je.

Son sourire devint goguenard :

— Ben oui, le Putain de Facteur Humain ! T'as beau être un grand alpiniste, sûr de ta technique et de ta force physique, le contexte et les émotions peuvent te faire perdre celle de ton mental.

— Oui, grommelai-je, pitoyablement amusé d'un esprit d'autodérision. Effectivement, j'ai manqué de force mentale, c'est indéniable !

— Ça viendra avec l'expérience, gamin !

J'étais déçu. Roland tout à la fois minimisait les conséquences potentielles de ma chute, qui auraient pu être dramatiques, et niait le danger que nous avions affronté. Ce décalage d'appréciation me navrait. Je tirai de ma poche le vieux piton rouillé et le posai sur la table avec emphase :

— Tenez, en parlant d'expérience, voici quelque chose qui doit être à vous !

— Où as-tu trouvé cette antiquité ? s'égaya-t-il.

— Sur la Walker, juste avant la grande traversée pour rejoindre la seconde goulotte.

Un voile sombre et désormais familier retomba sur le visage du guide, à nouveau soudainement vieilli. Roland devait encore se noyer dans sa mémoire. Ce clou en métal défraîchi lui rappelait donc la jeunesse de ses exploits, ce temps si révolu… Le témoignage par la matière que l'on peut retrouver un objet perdu mais jamais une existence passée.

— Allez, on quitte le bord ! finit-il par dire.

Alors, nous nous levâmes et nous larguâmes nos amarres sur un au revoir sincère.

◆

La neige avait cessé. Je moulinais des jambes sur des vagues de sorbet qui accentuaient le chancellement de ma démarche. Sitôt rentré, je m'effondrai sur mon sommier et sombrai dans un sommeil hanté par des cauchemars insensés. Roland et moi étions encordés dans une face nord lugubre, nous faisant la courte échelle pour franchir un ressaut gelé dans lequel nos ongles s'enfonçaient. Manquant une prise de pied, je ripais et chutais sans fin dans l'air glacé. Roland criait. Je tombais... sans parvenir à distinguer un seul mot de ses appels. J'étais déjà trop loin. Le sol se rapprochait et dans un dernier hurlement, je me réveillai en sursaut, pris dans les draps d'un souvenir fantôme.

Cette nuit de mauvais rêves fut suivie d'une autre... et encore d'une autre. Agathe aussi revenait souvent dans ces songes chargés d'angoisse. Je devais les conjurer, changer de quotidien. Il me fallait quitter « mes » montagnes. Il me fallait un vrai dépaysement.

Répondant à la demande du bureau des guides de Chamonix qui organisait un raid à ski dans le massif du Mont-Rose, j'acceptai de renforcer l'encadrement d'un groupe d'une dizaine de clients. J'allais donc partir vers la Suisse. Une semaine à naviguer sur les glaciers qui enserraient Zermatt et à gravir ses « quatre-mille » me ferait oublier la morosité qui me collait à la peau. Je ressentais également le besoin de confronter ma vocation de guide à la réalité du métier. Ma course aux Grandes Jorasses avec Zian avait jeté le doute sur mes compétences intrinsèques. La question qui me rongeait était fondamentale. Étais-je déjà capable de guider quelqu'un en montagne en toute sécurité ? Ce groupe possédait un bon niveau mais recherchait, dans l'appel des sommets, la joie simple d'une aventure plutôt que la performance d'un record. Ceci allait me changer de mes combats personnels.

◆

Les abondantes chutes de neige tardives nous permirent d'envisager tous les itinéraires de randonnée dans ce haut lieu du ski glaciaire. Arrivés à Zermatt par le train, nous montâmes directement à ski par le Gornergletscher jusqu'à Rosa Hütte, refuge central perché sur un éperon rocheux dominant la vaste banquise à 2 900 m d'altitude. Ce phare au milieu des océans de glace allait être notre camp de base pour plusieurs jours en vue d'explorer les îles que formaient les sommets. Parmi eux, Castor et Pollux, montagnes évocatrices d'une mythologie grecque promesse de passion, nous attiraient particulièrement. Elles étaient en condition et furent nos premiers objectifs. Constitué de six hommes et de six femmes de niveau technique homogène, notre groupe put se scinder en trois cordées autonomes, chacune dirigée par un guide ou aspirant guide. Nos buts furent atteints en suivant de longues lignes brisées au prix d'épuisants efforts. Les descentes sinueuses sur une neige soyeuse achevaient de contracturer nos jambes. Après ces premières ascensions, les caractères se livraient et des liens se nouaient. Ainsi, peu à peu, naissait un esprit de cordée. L'ambiance au sein de cette caravane était joyeuse et les soirées au refuge, teintées de rires et de paroles. Les corps se fatiguaient tandis que les visages s'éclairaient. Derrière les prénoms se découvraient des personnalités, des histoires, des existences. Chacun s'ouvrait sur la foi d'une camaraderie nouvelle. Mais c'est Pauline qui attira mon attention.

Elle avait une peau fruitée sous laquelle bouillonnait la vie, des lèvres bombées qu'elle mordillait parfois et d'où émanait une voix douce et sombre aux accents trahissant une mélancolie lointaine. Ses cheveux lisses se séparaient en deux longs pans châtain clair se rejoignant derrière sa nuque pour laisser ses yeux pers agir comme un philtre qui siphonnait mon regard. La chaleur du refuge, l'ivresse docile d'une bière légère et ses iris brillants emportaient mon esprit vers des havres confortables. Cette harmonie me nimbait d'une tendre lumière. Et cette lumière, tel un coup de gomme sur ces hantises qui avaient torturé mes nuits depuis cette course d'infortune aux Jorasses, avait le pouvoir magique d'effacer la sévérité de leurs parois noires comme d'émousser mon sentiment de déshonneur et de honte qui s'y était accolé. En sa compagnie, mon enfer intérieur me lâchait enfin. Pauline était infirmière dans la vallée de Chamonix et, bien que native de cette cité alpine, la montagne était pour elle un mode de vie plus qu'un lieu de confrontation. « Les sommets peuvent être vécus sans être vaincus », m'avait-elle confié. Ceci tranchait avec mon approche personnelle de l'alpinisme, pourtant ce contraste semblait renforcer notre attachement réciproque. Ainsi, progressivement, au rythme de nos ascensions et de nos veillées, je sentais mon cœur se rapprocher du sien. Elle m'ouvrait la porte de son amitié, je déposais la mienne à son seuil.

Le dernier jour de notre périple, Pauline était sur ma corde. Nous gravissions le Nordend, un « quatre-mille » majestueux dont la pointe avait attisé notre convoitise. Depuis le sommet, que nous avions atteint en quatre heures, face à nous le Cervin nous courtisait.

— M'y emmèneras-tu, Ian ? me demanda-t-elle alors, fourbue mais souriante.

— Excellente idée ! répondis-je, essoufflé et joyeux.

— Tu y es déjà monté ?

— Oui, par l'arête du Lion. C'est un itinéraire très aérien, physique, mais accessible lorsqu'il est en bonnes conditions.

— Vu d'ici, on dirait un diamant parfait ! argua-t-elle.

— C'est vrai. Mais au premier coup d'œil seulement. Quand on se rapproche, ou qu'on l'observe sous d'autres angles, apparaît alors tout un monde complexe et énigmatique.

— Tous les côtés de cette pyramide sont praticables ?

— Bien sûr ! À condition de savoir déchiffrer les équations géométriques des arêtes et des faces…

— Je n'ai jamais été très forte en maths, coupa Pauline, amusée.

— Moi non plus. C'est pour ça que j'ai suivi des études de lettres… et qu'en montagne, je compte sur l'inspiration plus que sur les calculs.

Sur ces considérations légères, nous donnions rendez-vous au Cervin dans un futur que nous ne maîtrisions pas. Cette promesse mutuelle ressemblait davantage à un désir qu'à un serment. Cette montagne serait encore là pour longtemps, mais que savais-je de la nature et de la longévité de mon sentiment pour cette jeune femme tout juste rencontrée ?

Après une descente de mille mètres, nous retrouvâmes le refuge. Blottis l'un contre l'autre, nous nous accueillîmes dans une sensation d'abandon exquise. Sous la couette, son souffle sur mon visage, très doux, chassait les fantômes qui voulaient revenir danser avec moi. J'étais bien. La fatigue du corps est le plus court chemin vers la rédemption de l'esprit.

Le matin suivant, un soleil pâle se leva sur le Valais. Nous quittâmes Zermatt par le train. Économisant nos mots, n'échangeant que des regards pudiques autour d'un dernier café en gare de Täsch, nous nous séparâmes avec le seul regret de n'avoir pas eu le temps de tomber amoureux. Évidence partagée, être amoureux de l'amour ne suffit pas pour s'aimer.

Je crois que je pensais encore à Agathe.

◆

De retour à Vallorcine après cette semaine helvétique, je me replongeai dans mes cours en vue de l'examen final. Tous les sommets ne sont pas faits que de roches minérales, me disais-je ; certains sont constitués des réussites personnelles – diplômes et autres concours – que notre société érige en succès. Ainsi, chaque soir, je révisais dans les livres les savoir-faire techniques que requérait la pratique de la haute montagne. Je percevais l'alpinisme à la fois comme une compétence d'ingénieur et un talent de poète ; il fallait, certes, maîtriser les facteurs physiques de la gravitation, de la friction, de la géologie, mais aussi rechercher l'absolu de la beauté du monde à travers la contemplation. Finalement, la géométrie n'allait pas sans la poésie. Ma récente conversation avec Pauline, face au Cervin, n'était certainement pas étrangère à ces nouvelles considérations.

Cette alternance entre ascensions et lectures, entre cimes et vallées, continuait d'envoyer dans l'oubli les démons de ma course chaotique aux Grandes Jorasses. Le souvenir d'Agathe m'était moins douloureux. Mes blessures cicatrisaient peu à peu.

Le mois de mai touchait à sa fin. Les nuées ne se formaient plus dans le fond des vallons et, dès son lever, les rayons du soleil embrasaient les flancs altiers des montagnes. Le jaune pâle des primevères répondait à celui, plus foncé, des forsythias. Fracassant le silence, les torrents, encore gros des derniers névés, bouillonnaient dans les gorges escarpées. Au milieu de cette effusion, après mon entraînement quotidien, je retrouvais Roland en fin d'après-midi au comptoir de *L'Oursine* où il venait fréquemment perdre du temps. Ces rencontres commençaient souvent par un thé et finissaient toujours par une gnôle. Nos dialogues devenaient plus personnels et je pus enfin approcher l'illustre guide sur certains détails de ses expéditions qui n'étaient pas mentionnés dans les livres. Il me racontait ses plus brillantes courses mais aussi ses plus rudes épreuves.

Comme tous les alpinistes majeurs de son époque, Roland Amouriaz avait eu sa période himalayenne. Son échec au Changabang, cette dorsale biface taillée dans un granit compact et l'un des sommets les plus esthétiques au monde, l'avait fait grandir. À l'instar de toutes les belles choses, son prix était élevé. Aucun repos possible, une verticalité dans la droite ligne de la pesanteur, et la mort de l'un des membres de l'expédition.

— Avez-vous eu envie de tout arrêter après cette tragédie ? hasardai-je.

— Pas vraiment, répondit simplement le guide, dans une posture contenue. La mort en montagne n'est ni une consécration, ni un châtiment.

— Ceci a dû toutefois vous faire voir la montagne différemment ?

— Oui, bien sûr, mais je ne m'en suis pas éloigné pour autant. Le plus grand danger dans la vie, c'est de ne pas prendre de risques, car c'est là qu'on tombe. Alors, j'ai continué.

Je regardai Roland. Il avait changé de cap, mais pas d'horizon. Il me narra les fois où il avait dépassé cette fameuse limite que tous les alpinistes recherchent à tâtons en redoutant de la franchir sans s'en apercevoir, cette ligne tracée par la raison pour signifier au corps où se maintenir. Mais l'élan de la volonté, l'orgueil, la curiosité faisaient souvent bouger cette borne, rendant le futur incertain.

Lors d'une de nos soirées, nous abordâmes les différentes régions que Roland avait parcourues. On lui avait parfois reproché d'avoir préféré les Alpes du Nord, par chauvinisme, à tous les autres massifs. Lui m'affirmait qu'il aimait toutes les montagnes et qu'il se réjouissait qu'il y en eût tant. Ainsi, je pus confirmer qu'il connaissait les Pyrénées par cœur pour en avoir effectué la traversée d'est en ouest en poinçonnant chaque sommet. Les Écrins ? Une première dans la face nord de la Meije. L'Atlas et les Andes ? Il y avait conduit des excursions. Et puis les Dolomites ! Ce calcaire qui se dresse à contre-ciel et d'où l'on peut contempler l'ensemble du socle terrestre. Roland avait connu tous ces monts, tous ces massifs, toutes ces montagnes mieux que nul autre, mais les symboles sont tenaces et il restait, pour beaucoup, le champion des Alpes et du mont Blanc.

Mentionnant de nouveau sa ligne à l'éperon Walker aux Jorasses en 1978, je lui rappelai les difficultés que j'avais rencontrées en la répétant cette année avec Zian et les dangers que j'avais fait courir à mon compagnon de cordée. Il s'en souvenait et cela semblait l'attrister. Je sentais bien que certains passages de son existence lui pesaient et qu'il ne voulait pas me livrer tous ses secrets. Lorsque nous nous quittions devant la porte de *L'Oursine*, je ressentais une amicale fraîcheur m'accompagner. Roland semblait s'amuser, finalement, de ces échanges, mais laissait toujours une ombre planer sur le récit de sa vie. J'essayais de le pousser plus avant dans ses retranchements, en vain. Le grand guide restait de roc.

— Alors ? Vous voyez qu'il y a des choses intéressantes à tirer de vos années en montagne !

— Oh ! Tu finiras par être déçu, gamin ! lâchait-il, fatigué. Beaucoup d'autres alpinistes ont fait des choses plus difficiles et surtout défendu des causes plus grandes !

— Peut-être… reprenais-je, pensif, mais je me méfie de ceux qui se servent des grandes causes pour servir leur petit moi.

◆

Un après-midi, alors que je venais de terminer une voie dans le massif des Aiguilles Rouges – dont la situation permet d'embrasser d'un seul regard toute la chaîne du Mont-Blanc –, il me vint l'idée, en apercevant la face nord des Grandes Jorasses, de rassembler mes notes sur Roland Amouriaz et d'en faire un livre. Mais il ne fallait pas le lui dire trop tôt. Les montagnards sont des gens parcimonieux avec leur histoire personnelle. Inutile de l'effrayer ! Nos dernières discussions me confirmaient bien que Roland ne prendrait jamais sa propre plume pour colorier de ses émotions les grandes ascensions qu'il avait réalisées. Aussi, écrire moi-même sa biographie en l'éclairant de nos entretiens était sans doute l'unique moyen de lever le voile sur les zones d'ombre qu'elle recelait. Mon ouvrage aurait l'ambition de révéler la dimension méconnue de celui qui était à la fois un monstre sacré de l'alpinisme et cet homme sur le déclin que je côtoyais depuis quatre mois maintenant dans l'intimité d'une taverne de Vallorcine.

Galvanisé par ce projet secret d'écriture, je passais un après-midi par semaine à la bibliothèque de Chamonix afin de glaner toujours plus d'informations sur Amouriaz et de les confronter à ce que j'avais appris de sa propre bouche. Ainsi, son histoire prenait du relief. Les faits se confirmaient, s'habillaient de passion. Sur certains segments de sa vie, le brouillard commençait même à se dissiper, m'encourageant à progresser, creuser encore. Certains épisodes étaient connus mais apparaissaient déformés. D'autres, oubliés, surgissaient. Et, peu à peu, je me laissais pénétrer par l'atmosphère de toute une époque. S'y confirmait, notamment, la place importante qu'avait tenue Victor Pottuz, cet autre grand guide de Chamonix. Mais quelque chose m'avait échappé. Tour à tour compagnon de cordée puis concurrent de Roland, leur altérité avait soudainement pris fin en 1988, à l'aiguille de Bionnassay.

1988, l'année de l'accident.

Personne ne savait vraiment ce qui s'était passé en ce 14 mai, trente ans auparavant. Pourtant, toutes les mémoires de la vallée en étaient restées marquées.

Le drame était retracé dans un rapport circonstancié du PGHM[3] et à travers quelques articles de journaux. Si la

3 Pelotons de gendarmerie de haute montagne.

prose était pudique dans le procès-verbal des gendarmes, la presse se montrait plus loquace. Roland et Victor conduisaient chacun une cordée autonome sur l'itinéraire du mont Blanc par Bionnassay. Celle que Victor formait avec un client de la vallée avait dévissé entre le piton des Italiens et le dôme du Goûter, sur l'arête finale remontant vers le sommet. Les secouristes avaient retrouvé les deux alpinistes en perdition le lendemain au pied de la face ouest. Le client était mort. Victor vivait, mais à peine, et la dernière petite flamme qui subsistait alors en lui devait s'éteindre deux jours plus tard, sur un lit d'hôpital.

Mais ce que les rédacteurs en avaient retenu, c'est surtout la redescente d'Amouriaz en pleine tourmente, lequel avait soutenu son propre client jusqu'aux limites de l'épuisement. Sa radio étant défaillante, il avait cherché à rejoindre Chamonix au plus vite pour alerter les secours. Ainsi, après une nuit de marche au milieu des crevasses meurtrières, en plein sous le choc causé par la chute de la cordée voisine et en dépit de la fatigue de son client, Roland Amouriaz avait finalement réussi à atteindre la vallée au petit matin.

Cet épisode, funeste autant que glorieux, était souvent évoqué. Cependant, il n'avait jamais été raconté de façon précise. Certains détails manquaient. Roland avait-il été témoin de la chute de Victor et de son protégé sur l'arête de Bionnassay ? Pourquoi n'avait-il pas rejoint le refuge du Goûter, assez proche, ou celui des Grands Mulets pour donner l'alerte ? Pourquoi encore était-il redescendu par le versant Chamonix au lieu de reprendre en sens inverse son itinéraire de montée sur le versant Saint-Gervais ? Plus j'accumulais mes notes et plus je sentais naître sous mon stylo une histoire digne d'une *Chronique alpine* dans une revue de montagne. Roland Amouriaz était toujours vivant. Sa légende grandirait après sa disparition, mais j'avais encore le temps et l'occasion de sonder *in vivo* l'acteur principal de cette épopée révolue. Il me fallait aborder cet épisode avec lui. C'était désormais incontournable. À notre prochaine rencontre, oui, j'allais l'interroger. Je m'en fis la promesse.

CHAPITRE 6
Juin

On allait droit vers l'été. Le soleil lasurait les paysages de couleurs chaudes et étuvait délicatement l'atmosphère. La montagne prenait des allures héroïques. Cette énergie se transmettait à l'homme, heureux de retrouver les sentiers des alpages. La longueur des jours me permettait de passer plus de temps en montagne et mon entraînement en escalade redoublait d'ardeur. J'additionnais des mètres de parois rocheuses. Ces séances se prolongeaient jusque tard après le crépuscule, souvent en compagnie d'autres aspirants guides. Seul Zian manquait à l'appel. Il trouvait toujours un prétexte pour décliner mes invitations. Un soir, agacé par ses dérobades, je pris mon téléphone pour lui demander explicitement si ses refus étaient liés à notre dernière course à la Walker.

— Écoute, Ian, me répondit-il d'une voix calme, puisque tu me le demandes, oui. J'ai eu peur.

— Moi aussi, figure-toi !

Il devait comprendre que je n'étais pas indifférent à ses doutes.

— L'aventure que nous avons connue ne reflète pas l'idée que je me fais de la montagne, ajouta-t-il d'un ton contrit.

— Je sais, Zian, mais les circonstances étaient particulières… Je n'étais pas dans mon état normal.

— Justement, c'est ce qui m'a fait peur. Avant cette course, nous nous comprenions sans nous parler… mais là, je ne savais plus ce que tu faisais.

— Enfin, ça arrive un petit coup de mou ! implorai-je en reprenant mot pour mot l'argument que Roland m'avait opposé lorsque j'avais abordé cet épisode avec lui.

Après tout, l'éminent guide n'avait-il pas minimisé l'ampleur de cette séquence critique ? À mon tour, je me persuadais que s'il fallait traverser les épreuves, c'était bien pour en tirer des leçons pour le futur. Devenir un grand alpiniste passait forcément par là. Mais mon ami n'adhérait visiblement pas à cette philosophie :

— Ian, tu te rends compte qu'on a bien failli tomber tous les deux ?

— Oui, j'en suis tout à fait conscient, et je m'en veux, mais ce n'est pas une raison pour ne pas retourner en montagne ensemble, non ? insistai-je, irrité par l'émotion.

— Je ne sais pas. Laisse-moi un peu de temps. Je ne suis pas sûr de partager ton enthousiasme, lâcha-t-il.

Et il raccrocha.

Cet échange m'avait attristé. Notre amitié n'était pas rompue mais la corde qui avait relié tant de fois nos deux vies s'était distendue. Devais-je pour autant me laisser figer par la culpabilité et abandonner sans un mot de plus ? Qu'aurait fait Roland Amouriaz à ma place ? Une discussion en face-à-face aurait sûrement plus d'impact qu'un appel téléphonique. Aussi je continuais de fréquenter régulièrement *L'Oursine* en soirée dans l'espoir d'y croiser Zian. Mais il semblait également fuir les bars. Or, d'autres retrouvailles m'attendaient.

Lors de l'un de mes passages dans le café, je tombai sur un ancien élève, Bruno, devenu étudiant. Pas très porté sur les matières littéraires à l'époque, sa curiosité du monde me l'avait néanmoins rendu attachant. Long et sec comme un athlète d'endurance, il déplaçait son corps avec une maladresse contenue. Sous une épaisse tignasse blonde et frisée, apparaissaient des yeux bleus malicieux qui donnaient à son visage glabre des airs enfantins. Mais ce qui attirait d'emblée le regard, c'était son large sourire, franc et rieur, qui suscitait spontanément la sympathie. Il avait 25 ans. Accoudés au comptoir, nous bavardâmes toute une soirée, remontant un fleuve de dix ans. Il s'était trouvé une passion pour l'escalade et son niveau sur le rocher semblait tout à fait honorable. Solide et sportif, il présentait toutes les qualités d'un bon montagnard mais avait besoin d'un guide pour accéder à certaines courses que son ardeur convoitait.

◆

Dans la tiédeur caractéristique d'un de ces soirs de juin, alors que j'étais en pleine voie sur la paroi de gneiss de Barberine, dans le proche Valais, mon téléphone se mit à vibrer dans ma poche. Bruno était à ce moment en train de m'assurer dans un passage délicat et je ne pus décrocher tout de suite. Sans pouvoir me l'expliquer, je sentis cet appel resté en suspens sonner comme un funeste présage. La douceur de cette soirée printanière contribuait-elle, par contraste, à accentuer ce mauvais pressentiment ? Il me fallut attendre d'être redescendu au pied de la paroi pour écouter ma messagerie vocale. C'était la voix de Zian. Roland Amouriaz venait d'avoir un accident.

Ce jour-là en fin d'après-midi, dans les Aiguilles Rouges, sur une voie voisine de la sienne, une autre cordée s'était retrouvée en difficulté et Zian, ayant assisté à une chute, avait aussitôt prévenu les secours. La victime n'était autre que le grand guide, rapidement héliporté aux urgences de l'hôpital de Sallanches avec son compagnon de cordée. Il souffrait apparemment de traumatismes multiples. Et tout alpiniste sait ce que le mot « traumatisme » peut signifier. Une émotion indéfinissable, traversée de pensées contradictoires, monta en moi. Que faire ? Mon premier réflexe fut de foncer à Sallanches pour m'entendre préciser, à la source, la potentielle gravité des blessures et les circonstances du drame. Peut-être désirais-je également, inconsciemment, soutenir cet homme, référence forte et désormais ami, qui comptait tant pour moi.

Bien que le message de Zian m'eût touché en ranimant notre lien engourdi, je ne voulus pas perdre de temps en le rappelant et me contentai de le remercier d'un texto avant de sauter dans ma voiture pour descendre la vallée, fenêtres ouvertes dans l'odeur des épicéas qui, chauffés par le soleil, à présent se détendaient dans la fraîcheur de la nuit. M'interrogeant sur les détails de l'accident, j'imaginais plusieurs scénarii possibles. Certains ne reculent jamais devant l'obstacle des ans. Roland, à l'instar de nombreux alpinistes, était de ce tonneau dont la liqueur ne s'adoucit que très peu avec l'âge. Était-ce pour prouver aux autres, et sans doute à lui-même, son ascendance sur l'existence qu'il n'avait cessé, malgré les affres naturelles du temps, de mettre son corps à l'épreuve ?

L'hôpital de Sallanches, écrasé par la masse sombre des aiguilles de Warens, était éclairé de la teinte blafarde d'une lune gibbeuse. En montant à pied la rampe qui conduisait à l'accueil du service des urgences, je ne croisai qu'un seul regard sous la lumière rouge de l'enseigne lumineuse. Celui d'une alpiniste. Son visage me sembla familier sans que je puisse l'identifier. Ses vêtements étaient déchirés, ses mains ensanglantées et ses yeux, rougis par des larmes, s'incrustaient sur le masque livide de l'épuisement. Elle ne me vit pas.

J'entrai dans un hall désert habité par le grésillement de néons blancs. Les panneaux de signalisation me conduisirent devant la salle de garde des infirmières. Après quelques explications, une aide-soignante m'admit dans une salle d'attente sans décoration où rien ne pouvait combler la fébrilité de la patience.

Après trente longues minutes, un médecin urgentiste s'approcha de moi. Bien qu'elle parût assez jeune, sa peau mate et ses cheveux courts renvoyaient l'impression d'une forte maturité. Elle parlait avec assurance, d'une voix douce et sereine :

— Vous êtes un proche de M. Amouriaz ?

— Oui, bredouillai-je, ne sachant vraiment ce que je représentais pour Roland. Je suis aspirant guide et je connais effectivement M. Amouriaz.

Je la suivis et nous pénétrâmes dans la chambre de déchocage où Roland était alité. Ses yeux clos dans des orbites gonflées par un hématome violâtre barraient un visage tuméfié reposant sur un collier cervical.

— Il a été fortement analgésié, m'informa le médecin. Mais vous pouvez lui parler, il vous entend.

— Bonjour, Roland. C'est Ian, l'aspirant guide de Vallorcine, engageai-je, hésitant à briser le repos silencieux du blessé.

Un souffle rauque coupant dans la régularité de sa respiration me fit comprendre qu'il était conscient. Mais ce fut tout. Aucune réponse intelligible ne vint. Devant mon expression inquiète, le docteur me décrivit le tableau clinique de son patient. Le bilan n'était pas bon. Outre les nombreuses lésions et ecchymoses qui déformaient son corps, trois fractures préoccupaient l'urgentiste. L'une, à la cheville, particulièrement grave, nécessitait une opération en urgence sous douze heures.

— Vous reviendrez plus tard si son état le permet, conclut-elle en chuchotant.

Cette dernière phrase prononcée sans intonation particulière me fit sentir qu'elle ne voulait pas trop s'avancer sur le pronostic. Enfin, dans un sourire réservé, l'urgentiste qui avait sans doute permis à Roland de rester en vie me souhaita bon courage – formule rituelle inutile – et me laissa seul avec lui.

En moi-même, je songeais qu'il ne remarcherait plus. Sa figure accidentée reflétait mes doutes. Je ne savais si Roland connaissait sa sentence, mais son organisme semblait se préparer au pire. Plusieurs fractures transparaissaient sous les bandages. Le guide avait dû s'écraser sur le rocher implacable. Et il restait là, tel un gisant de chair dans un carcan de drogues, affrontant les fantômes d'un futur sans espoir, d'un monde sans montagnes. Je couvais d'un dernier regard le corps endormi puis je sortis de la chambre.

Avant de quitter l'hôpital, je voulus m'enquérir des possibilités de visites et fis une halte devant le local du personnel de garde. La porte était ouverte. Une infirmière, dont je ne voyais que le dos, était en poste. Je m'annonçai d'un raclement de gorge. Elle se retourna. Au-dessus d'un masque chirurgical, des yeux bleus aux reflets verts qui scintillaient avec espièglerie me scrutèrent. Elle était jeune. Ses cheveux regroupés en chignon donnaient à sa silhouette des allures de danseuse. Et c'est quand elle ôta le carré de tissu qui couvrait son visage, dévoilant un large sourire, que je fus frappé d'une joie imprévue. Radieuse, Pauline se tenait devant moi ! En une seconde, je nous revis skier tous les deux sur les pentes éclatantes des montagnes valaisannes. Dans un élan un peu gauche, nous nous serrâmes la main.

— Quelle surprise ! lui dis-je. Nous devions faire le Cervin ensemble ! Pas se retrouver à l'hôpital ?

Elle semblait amusée. Je poursuivis :

— Je suis heureux de te revoir si vite, même si j'aurais préféré que ce soit dans d'autres circonstances. Je suis ici car je connais un peu Roland Amouriaz… qui a salement dégringolé.

Pauline m'apprit que le guide, assuré par une cliente, avait chuté de cinq mètres dans les Aiguilles Rouges. Polytraumatisé, il avait été médicalisé au pied de la paroi par le PGHM qui les avait évacués tous les deux par hélicoptère.

— Et sa cliente ? demandai-je.

— Ses lésions sont moins sérieuses. C'est une Anglaise qui se prénomme Emma. Elle était exténuée et choquée.

Emma, bien sûr ! La blonde que Roland m'avait présentée à *L'Oursine* en février. C'est donc elle que j'avais croisée en arrivant ici. La fatigue et la douleur avaient transformé ses traits.

— Je la connais, balbutiai-je. Elle est un peu plus que « sa cliente »… Elle va sans doute s'occuper de lui.

Pauline me répondit d'une moue gênée assez éloquente :

— Je ne crois pas. Tu devrais plutôt solliciter un parent proche de ton ami. Cette Emma… elle a l'air paumée. Nous avons essayé de la retenir mais elle a insisté pour partir en taxi. Elle s'est enfuie sans nous laisser le moindre moyen de la joindre, ni adresse ni téléphone.

— Ouais, tu as raison, appuyai-je, embarrassé. Oublions Emma. Je vais contacter des amis guides pour essayer de retrouver quelqu'un de sa famille.

Malgré l'heure avancée, je dégotai rapidement le numéro de téléphone d'une nièce de Roland qui habitait Chamonix. Janny. Je l'appelai aussitôt pour l'informer du triste événement et lui demander si elle était en mesure de prendre soin de son oncle. Je ne manquai pas, au passage, de lui proposer mon soutien si besoin. Janny me remercia et m'assura qu'elle était la bonne personne – je crus comprendre la seule – pour gérer cette situation. Elle serait dès demain matin à Sallanches. Avec Pauline, qui avait suivi la conversation en écoutant mes répliques, nous étions rassurés de savoir cette parente providentielle bientôt au chevet de Roland, son patient, mon ami. Ce fut le signal du départ. Il était tard et l'infirmière avait encore du travail.

Assorti d'un long silence, ce moment me ramena à notre dernier au revoir, à Zermatt, deux mois auparavant. Le temps tissait des boucles. Moi qui avais douté que nous nous reverrions un jour, je constatai que le destin avait forcé sa marche et les huit petites semaines qui nous avaient jusqu'ici séparés me semblèrent, en cet instant, avoir duré des siècles.

— Au revoir, Pauline, lançai-je en souriant. Merci de veiller sur Roland. On se revoit vite ?

Ses yeux se plissèrent malicieusement :

— Oh oui, très vite ! Au revoir, Ian.

La nuit était pleine. Je quittai l'hôpital de Sallanches. En laissant Roland. En laissant Pauline. Et je voyais encore les montagnes que nous avions parcourues ensemble onduler dans ses yeux.

◆

Le matin me trouva troublé. Étonnant florilège de pensées, mêlant bonheur et douleur à la confluence du passé jeune et lumineux d'une semaine d'itinérance dans la somptuosité des sommets et d'un présent vieux et triste dans le service de nuit des urgences d'un hôpital.

Mon premier geste fut de rappeler Zian pour le remercier de vive voix de m'avoir informé de l'accident de Roland et pour lui donner de ses nouvelles. Notre entretien fut bref. Il était déjà en montagne. Malgré ma fatigue, j'osai me montrer prêt à le rejoindre mais il était trop tard pour me coordonner avec lui. Un sentiment insaisissable de trahison m'étreignit à nouveau. Zian n'y était pour rien, mais la distance qu'il avait mise entre nous depuis les Grandes Jorasses m'irritait toujours et donnait prétexte à nourrir ma mauvaise foi.

Ainsi, épuisé et acerbe, je m'en allai seul en randonnée pour tenter de remettre de l'ordre dans mes humeurs éparses. En sortant, je regardai le panier vide devant ma porte. Même le chat que j'avais fini par adopter – ou peut-être était-ce lui qui m'avait apprivoisé ? – était parti ; pour chasser ou pour faire son tour du quartier en quête de caresses et de friandises auprès d'autres foyers plus attentionnés que moi. Me moquant de ma sensiblerie et de ma générosité trompée, je pris la route des monts solitaires.

◆

La période qui suivit la chute de Roland fut morose. J'accompagnais plusieurs fois Janny à Sallanches. En dépit d'une chirurgie complexe de sa cheville, l'état du malade s'améliorait difficilement. Les analgésiques administrés à haute dose le laissaient groggy en permanence.

Âgée de 45 ans, célibataire, cette Chamoniarde dévouée à son oncle avait un charme simple. Gérante de l'hôtel que son père, le frère de Roland, lui avait légué à sa mort, elle s'était consacrée sans relâche à sa clientèle. Ses loisirs se limitaient à des promenades en montagne qui donnaient à sa peau une teinte rosée. Toute son existence semblait se résumer au service des autres. Nostalgique de mes veillées arrosées avec Roland, je parlais avec elle pour essayer de déterrer de nouveaux détails sur la vie du guide. Mais, comme tous les résidents des hautes vallées, elle demeurait farouche et peu loquace. En montagne, on ne sait jamais qui, de l'habitant ou de l'habitat, peuple l'autre…

Les quelques bribes de leur histoire familiale que je parvins toutefois à lui arracher m'apprirent que Roland avait toujours été le fils prodigue autant que prodige, ne vivant que pour ses expéditions et ses entreprises montagnardes. Plus contrasté, le regard que portait Janny sur son parent divergeait de cette opinion communément partagée. Elle semblait plus sévère. Roland avait abandonné la fratrie pour concrétiser ses desseins, héroïques certes, mais égoïstes. Cependant, face au grand blessé qu'il était aujourd'hui, elle faisait preuve d'une bienveillante indulgence qui protégeait les secrets de leur famille dont le nom avait traversé les âges. Je n'en tirais pas grand-chose de plus. Aussi, j'intensifiais mon travail d'écriture sur Roland Amouriaz, comme pour me donner l'impression de prolonger par procuration notre relation, notre amitié initiée cinq mois plus tôt. Cette démarche littéraire était devenue un second objectif dans mon parcours d'aspirant guide. Surtout, la fatalité de la chute de ce guide emblématique me rappelait que le temps passait, et aussi qu'il pouvait s'arrêter, et parfois sans même daigner donner une explication.

CHAPITRE 7
Juillet

Une ambiance de fête emplissait la montagne. Les vacances donnaient à certains l'occasion de réinvestir une nature fourmillante. Oiseaux de proie et chocards jouaient avec les courants thermiques pour atteindre les plus hauts sommets. Toute mon attention était dorénavant focalisée sur le stage final à venir le mois prochain. Une épreuve d'alpinisme bien plus ardue que tous les examens que j'avais réussis jusqu'ici, durant mes années d'études. Je m'affûtais en veillant à me préserver au mieux d'une fatigue chronique et choisissais pour m'entraîner des itinéraires dont la difficulté restait en deçà de mon niveau maximum. C'était surtout sur l'encadrement de la cordée et la gestion du risque que mes formateurs allaient me juger.

Mon dernier échange téléphonique avec Zian m'avait décidé à renoncer une fois pour toutes à tenter encore de le solliciter pour des retrouvailles en montagne. J'avais fait le premier pas et j'estimais que c'était à lui, maintenant, de revenir vers moi. En attendant, il me fallait bien trouver un autre compagnon de cordée. Bruno, mon ancien élève au lycée du Mont-Blanc, était le candidat idéal. Il écoutait mes conseils, les appliquait, et surtout il ne se plaignait jamais. Notre bonne entente me rendait la montagne agréable. De plus, ayant par lui-même bien progressé techniquement ces dernières années, il était largement capable d'affronter de grands itinéraires historiques et, mobilisant mes compétences de chef de cordée, j'avais tout loisir pour répéter avec lui le type de course qui ferait l'objet de l'examen décisif.

Ainsi, aux premières aurores de juillet, nous décidâmes de parcourir ensemble la belle arête Kuffner pour rejoindre le mont Maudit, sommet satellite du mont Blanc qui culmine à 4 465 m. Et c'est lors d'une magnifique journée que nous rejoignîmes le bivouac de la Fourche, petite hutte de bois nichée dans les rochers au bas de l'arête qu'il nous faudrait remonter le jour suivant.

◆

Cette nuit-là, la confrontation avec la mort me perturba. Étais-je allé trop loin dans la mise en danger de ma vie et de celle de Zian ? L'idée qu'un épisode similaire puisse se reproduire avec un client me taraudait, tournait de façon obsédante dans ma tête échauffée par les brûlures de l'altitude. Je sentais bien que je n'aurais jamais pris tant de risques sur la voie Amouriaz aux Grandes Jorasses, au cœur des longueurs les plus difficiles, sans la présence de Rodrigue sur la ligne voisine. Poussé par l'orgueil de mes passions, j'avais quitté le monde de la rationalité pour nier le danger et progresser dans un chaos émotionnel incontrôlé. Ce n'était pas l'audace qui m'avait fait franchir le dièdre déversant, mais la chance. J'avais jeté mes forces comme on jette les dés. Toutes les protections mises en place sur la paroi auraient pu s'arracher dans ma chute et nous aurions pu finir écrasés, Zian et moi, huit cents mètres plus bas.

Ma motivation avait été celle d'un compétiteur dépassé par sa volonté de vaincre. Mais lorsqu'on a charge d'âme en montagne, on ne peut pas, on ne *doit* pas se laisser emporter, ni par l'ivresse du risque, ni par la fierté. Je tentais de me rassurer en me convainquant que l'épisode aux Jorasses avait servi mon expérience. Dépasser une ligne interdite ne permet-il pas de mieux la discerner par la suite afin d'éviter de la franchir de nouveau ?

— « L'alpinisme est l'art de parcourir les montagnes en affrontant les plus grands dangers avec la plus grande prudence[4] ! » déclamai-je à l'attention de Bruno. Tu te souviens de cet auteur que je vous avais fait étudier ?

— Euh, oui… Enfin, non. Plus trop bien, répondit-il, surpris et visiblement navré par ma tirade grandiloquente. C'est qui, lui, déjà ?

---

4 René Daumal, *Le Mont Analogue*, Gallimard, 1952.

— René Daumal. Un poète du XXe siècle qui aimait la montagne !

— Ah oui, lâcha-t-il négligemment en dépliant une vieille couverture, ça me dit quelque chose.

Devant tant d'indifférence, j'abandonnai ma posture professorale en me souvenant, déçu, que Bruno n'avait jamais apprécié la poésie et retournai silencieusement à mes introspections.

Le vent soufflait sur le toit de la cabane de la Fourche. Je ne trouvai pas le sommeil. Mon protégé, quant à lui, semblait s'être endormi profondément. À l'instar de Zian, il avait donc décidé de rendre mes insomnies écœurantes. Pour forcer mon cerveau à quitter la réalité et essayer de m'assoupir un peu, je lus quelques vers de l'écrivain notés sur le petit carnet que j'emportais toujours avec moi.

J'ai dormi depuis les déluges, j'ai dormi
au fond de toi, sur ton épaule, j'ai dormi sans nom
– ta poitrine n'a pas changé,
l'air de la vie n'a plus le nerf de m'éveiller –
ne me nomme jamais, ne me réveille pas ;
tes poumons immobiles ont désappris aux miens
à respirer le souffle faible de ce monde[5]

5 René Daumal, « La Seule », *Le Contre-Ciel*, Cahiers Jacques Doucet, 1936 ; *Poésie noire, poésie blanche*, Gallimard, 1954.

À qui pouvais-je bien adresser ce poème ? Jouant avec la musique des mots, mon esprit tomba enfin dans une semi-torpeur. Il me sembla rencontrer le sourire de Pauline.

À 3 heures du matin, nous sortîmes de la cabane. En contrebas, les lumières de Courmayeur se diffusaient à travers la brume s'élevant dans la nuit. À notre droite, l'arête nous attendait. Après avoir vérifié l'encordement, je pris la tête, Bruno me suivit sans trop parler, et nous voici lancés sur le fil aérien conduisant au sommet du mont Maudit.

À mesure que le soleil s'élevait, nous montions vers le ciel, dont le bleu était si profond que, par une illusion d'optique due à l'effet de contraste avec la blancheur qui nous entourait, il en devenait presque noir. Il fallait avoir un très bon sens de l'itinéraire pour « sortir une telle arête » en sécurité et dans les temps. Je veillais donc à ne pas me laisser gagner par l'excès de confiance qu'auraient pu me procurer le bon niveau de mon second, la météo favorable, et l'apparente évidence d'une voie linéaire. Gardant en tête les critères d'évaluation qui seraient appliqués lors de mon stage final, je n'oubliais aucune précaution et restais concentré jusqu'au bout. Ainsi, nous fîmes une course sans faute et, à midi, nous posions nos crampons sur le sommet du Maudit. La descente jusqu'au col du Midi puis la remontée de l'arête de l'Aiguille, bien qu'interminables, nous ramenèrent à la télécabine conduisant à Chamonix. La relation de confiance au sein de notre cordée nous avait fait vivre un moment de partage unique. Bruno, qui venait d'embellir sa liste de courses d'une voie historique, rayonnait de joie. Quant à moi, je sortais apaisé par cette démonstration de mes compétences de guide. Sans l'être encore sur le papier, je l'étais déjà tant dans mon cœur.

◆

Mais les démons du passé semblaient me pourchasser. À la mi-juillet, Roland fut transféré au centre de réhabilitation fonctionnelle de Sancellemoz, situé au plateau d'Assy, face au mont Blanc. Je connaissais bien cet endroit. Juste à côté, était implantée la clinique dans laquelle j'avais soigné ma dépression amoureuse après le départ d'Agathe. Et il paraît que René Daumal, dont les poèmes m'avaient accompagné lors de ma dernière ascension, était lui aussi venu en ce lieu traiter sa tuberculose dans les années quarante. La simple vue du mont Blanc aurait-elle des vertus réparatrices ? La fenêtre de la chambre de Roland donnait directement sur le Massif, à tel point que l'éclatante blancheur des dômes se diffractait sur son lit d'hôpital. Je lui rendais visite une à deux fois par semaine. Outre certains de ses amis guides et quelques de ses voisins, c'était surtout Janny, sa nièce à l'âme si dévouée, qui gérait son quotidien. Sa fracture de la cheville requérait toute l'attention des médecins. L'amputation avait été évitée… pour le moment du moins. Mais les risques d'infection et de perte de sensibilité émoussaient tout optimisme raisonnable. Ainsi immobilisé, Roland n'était plus que douleur et, jour après jour, telle une fleur privée de soleil, il s'abîmait dans un état dépressif.

À présent qu'il ne pouvait plus rejoindre la montagne, qu'il ne pouvait même plus quitter son lit, je me disais que raconter son passé, à défaut de lui faire oublier son infirmité, pourrait peut-être l'adoucir. Et si l'évocation des temps heureux avait le pouvoir d'enchanter son calvaire et de lui rendre l'espoir de marcher à nouveau ? C'est donc à la faveur de l'une de mes visites que je lui fis part de mon projet d'écriture.

Le sourire d'amertume qui accueillit ma déclaration me déstabilisa un peu. Je lui sortis quand même mes notes et étalai devant lui le fruit de mes travaux pour offrir un aperçu de ce à quoi cela pourrait ressembler.

— Rassurez-vous, Roland ! Ce ne sera pas une biographie que l'on réserve aux morts, et encore moins une hagiographie, avançai-je d'un ton réconfortant. Je ne veux ni vous enterrer ni faire de vous un saint !

— Ah bon ? dit-il sans se départir de ce sourire gêné. Ce sera quoi, alors ?

— J'aimerais insister sur les moments forts de votre carrière, en jouant sur un éclairage indirect. Vous voyez ? Ces moments qui se révèlent lorsque vous les racontez vous-même, avec le recul d'aujourd'hui.

Le guide parut soudain beaucoup plus vieux. Quelques secondes s'égrenèrent. Je laissais passer le silence. Puis, dans un effort résigné, il se mit à parler. D'une voix mélancolique. J'eus l'impression que cette nostalgie lui procurait un peu de consolation, qu'il devenait presque heureux de se sentir triste. Je pris cela pour un blanc-seing et me saisis de mon carnet et de mon stylo, l'oreille plus affûtée que jamais.

Certains de ses anciens camarades de cordée étaient morts en montagne quand d'autres filaient de beaux vieux jours dans des milieux moins rigoureux. Tout en l'écoutant, ma main griffonnant activement sur mes pages, j'apercevais l'aiguille de Bionnassay depuis la fenêtre. C'est là que la vie de Victor Pottuz, autre grand guide, alter ego de Roland Amouriaz, s'était arrêtée un jour funeste de mai 1988. Un épisode qui, selon mes recherches, semblait marquer un tournant dans l'histoire de mon précieux interlocuteur. Ma curiosité était à son comble et le moment, idéal pour lancer le sujet :

— J'ai lu que la cordée de Victor avait chuté sous l'aiguille du Goûter et que c'est vous qui aviez alerté les secours ?

— Ah oui ! Le mont Blanc par Bionnassay, en hivernale, a été l'une des courses les plus rudes de ma carrière.

— Vous aviez fini par rejoindre Chamonix en portant votre client, exténué et en sang. La descente a dû être terrible ?

Roland soupira. Son expression était éloquente. Il se referma sur lui-même. Un nouveau silence s'installa. J'attendis. Cet instant de flottement me sembla, cette fois, interminable. Et, au moment où je crus l'avoir perdu, je l'entendis, enfin, prononcer ces mots :

— Tu pourras écrire ça dans ton livre, gamin. Tu pourras l'écrire pour témoigner. Ça évitera que les gens racontent n'importe quoi, pour autant que ces histoires intéressent encore quelqu'un. Écoute bien. Je vais te raconter ce qui s'est passé ce jour-là.

Cette franchise soudainement annoncée comme une offrande me fit penser à ces dialogues avec des malades en phase terminale qui, sur leur lit de mort, règlent leurs comptes avec l'existence en puisant à même la force du souffle ultime.

— Pour bien comprendre, il faut remonter dix ans avant… l'accident.

Le dernier mot eut des difficultés à sortir de sa bouche. Je restai coi, mon regard ne cessant de se river sur l'aiguille de Bionnassay à travers les vitres de la chambre. Roland, troublé, fixait mon stylo suspendu au-dessus de mon carnet ouvert.

— Victor et moi, nous nous sommes rencontrés à l'ENSA[6] quand nous étions très jeunes. Forts en gueule, forts en montagne, avec des listes de courses incroyables, nous étions tous les deux très doués. Le risque était devenu pour nous un mode de vie. Nous aimions ça ! Tu comprends ?

— Oui, je vous imagine bien, répondis-je. Le goût du risque est un élan naturel ! Vous aviez besoin de prouver quelque chose.

— Effectivement, acquiesça le vieux Roland. Nous nous battions pour deux choses, les filles et les sommets. Nous parcourions les bars la nuit et courrions la montagne le jour.

---

6 École nationale de ski et d'alpinisme.

Décidément, Roland m'étonnait. Lui le roc sur lequel tout sentimentalisme semblait glisser comme de l'eau, tenir de tels propos ! Il continuait :

— Au début, nous étions suffisamment différents pour éviter qu'une rivalité ne vienne foutre le *ch'ni*[7] entre nous. Victor avait trois ans de moins que moi. Chacun avait son style. Il venait d'une autre vallée et moi, j'étais né ici, d'un guide lui-même fils de guide. Nous étions assez proches et partagions la passion de l'engagement en haute montagne. Le niveau des courses que nous visions faisait que nous nous retrouvions souvent sur la même corde. Je crois qu'une véritable amitié était née. Mais, pour tout t'avouer, je l'enviais, j'enviais la facilité avec laquelle il faisait plier le rocher pour s'élever. Mais il n'y avait pas que ça. Il y avait aussi sa façon d'être, d'attirer la sympathie des clients comme celle des autres guides. Et il avait beaucoup de succès avec les filles. Il arrivait souvent qu'il reparte avec celle sur qui j'avais jeté mon dévolu. Je ne montrais pas ma frustration. Trop d'orgueil. Alors je redoublais d'ardeur en montagne pour compenser mes échecs amoureux.

Curieusement, en cet instant confidentiel si particulier, comme par effet de miroir, ces aveux intimes réveillèrent ma rancœur envers Rodrigue, cette sève amère, mère de colère, et plus perturbant encore, ce sentiment de haine en se ravivant sembla se détourner sur Roland. Une inexplicable irritation

7 Désordre, en patois savoyard.

s'empara de mon être. Qui donc, entre lui et moi, était réellement visé par ma soudaine confusion mentale ? Je me rendais compte qu'il me faisait pitié. Étais-je en train de prendre conscience de l'image déplorable que j'avais dû renvoyer au moment où je connaissais les mêmes épreuves que lui ?

Roland reprenait son souffle. Ses yeux se levèrent pour percevoir, à travers les croisillons de la fenêtre, les montagnes rosir dans le crépuscule. Puis, lentement, il poursuivit son récit :

— Suite à nos oppositions constantes, nous avons fini par partir chacun dans une direction différente. Mais la compétition continuait entre nous par expéditions et records interposés. Ça a duré une dizaine d'années. Nous avons parcouru les Alpes et le monde pour réaliser des ouvertures et des premières spectaculaires.

— Oui, beaucoup d'entre elles sont décrites dans les livres, dis-je sans réfléchir en voyant défiler dans ma tête toutes ces photos que j'avais tant de fois regardées.

— L'histoire racontée dans les journaux ne reflète pas bien ce qu'il s'est réellement passé le 14 mai 1988 sur Bionnassay, enchaîna-t-il. Nous n'avions pas choisi avec Victor de faire la course ensemble. C'est le hasard qui nous avait réunis au refuge des Conscrits, chacun avec nos clients respectifs. Cela faisait bien longtemps que nous ne nous étions pas retrouvés en montagne tous les deux. Le but était de sortir au mont Blanc et une compétition malsaine s'est installée. Probablement de façon inconsciente… mais toujours est-il que cette sortie est devenue une course chronométrée. Un combat de coqs. Nous avions la trentaine mais le sang enflammé de nos vingt ans circulait toujours dans nos veines.

— J'ai connu ça, glissai-je.

— Et ça c'est mal fini pour Victor...

Quelle similitude avec mon ascension à l'éperon Walker en avril ! Excepté l'issue. Là où Victor et son client avaient trouvé la mort, Rodrigue et moi étions restés en vie avec nos deux compagnons de cordée.

Le soleil allait passer derrière la chaîne des Aravis à l'ouest et la chambre se remplissait d'ombres. Les traits usés du guide se creusèrent davantage. D'où venait mon ressentiment soudain envers lui ? Était-ce le reflet de ma propre faiblesse que je reconnaissais dans ce vieil homme isolé se confessant au fond de son lit d'hôpital ?

Je ne l'écoutais plus. Les mots qu'il prononçait à présent rebondissaient sur ma conscience sans imprimer de sens. J'en captai vaguement quelques-uns. Il me parlait d'itinéraires à la redescente de Bionnassay, de sa radio défaillante, de l'épuisement de son client... Et j'avais les Jorasses dans les yeux, Rodrigue... Le brouet de mes souvenirs et de mes frustrations m'avait à nouveau happé. Je me sentais devenir blême, vacillant. Mes tremblements devaient être visibles car mon narrateur commençait à hésiter à continuer. Sur son visage, obscurci par l'ombre des montagnes, je pouvais lire une perplexité douloureuse. C'est là que je mis fin à ma visite. C'est à ce moment, en cet instant de révélation que j'avais si longuement espéré, juste quand j'étais sur le point, enfin, d'obtenir toutes les réponses à mes questions sur cet accident de 1988, que je coupai court à l'entretien.

Il voulait encore parler, son histoire n'était pas terminée. Comment quitter poliment ce malade qui aurait mérité mieux qu'un simple au revoir ?

— Merci, Roland. Je ne me sens pas très bien subitement. Il faut que je vous laisse, parvins-je à bredouiller en me dirigeant vers la porte.

Un brin désemparé, le guide me répondit sans conviction :

— Reviens quand tu veux. Pour l'instant, je ne peux pas m'enfuir…

En refermant la porte, j'emportais avec moi le regard de celui que j'abandonnais au milieu de ses mémoires. C'était un regard de ruine, dans lequel je percevais aussi un peu de colère. Il avait fini par accepter de me livrer ses secrets mais mon passé étroit s'était rabattu sur le sien.

Une fois dehors, la reconnaissance brutale du paysage qui m'entourait me fit l'effet d'un atterrissage. Le Plateau d'Assy. Dans ce décor et cet état émotionnel tourmenté, je me sentis ramené un an en arrière. Je dus faire une pause pour reprendre mes esprits. Je m'appuyai contre un arbre et exhalai à fond l'air de mes poumons comme pour extirper de ma tête mes pensées sombres.

Il me fallut quelques minutes pour revenir au calme. Levant les yeux, je me cognai au mont Blanc qui me toisait dans le noir. Avec cette arête de Bionnassay qui me poursuivait. Non ! Je n'allais pas retomber dans cette spirale infernale de la dépression. Je devais me concentrer sur mon examen final qui approchait à grand pas et qui allait faire de moi un guide officiel. Agathe, Rodrigue, et maintenant Roland, tous devaient rester loin de moi ! Je pris mon téléphone et envoyai à Zian un message pour lui proposer une prochaine sortie en montagne. L'intensité et l'engagement des escalades en sa compagnie me manquaient. Et j'avais besoin de reprendre le combat.

CHAPITRE 8
Août

Sur la route conduisant à la taverne, j'admirais les sommets éclairés par la lumière pastel du jour déclinant. La montagne du plein été chantait au son des clarines. Dans les alpages, tous les foins avaient été fanés par les hommes ou broutés par les troupeaux. Les parfums d'herbes sèches chauffées pendant des heures par un soleil qui commençait cependant à perdre en hauteur embaumaient. Zian avait répondu à mon message et acceptait enfin de discuter d'une possible course ensemble. Nous avions convenu de nous retrouver à *L'Oursine*. Mais il ne me promettait rien.

Arrivé le premier, je choisissais une table plutôt que le comptoir. Pressentant que notre amitié, érodée depuis trois mois, allait se jouer là, sur un guéridon de bistrot, je tenais à préserver l'intimité de notre échange. Pris dans mes pensées, je ne le vis pas entrer. Il s'assit en face de moi, arborant un large sourire un peu triste. Au même instant, les derniers rayons solaires qui flirtaient avec les crêtes nimbèrent de leurs obliques les vitres de *L'Oursine.*

Notre discussion partit de bon train. Nous avions manqué l'un à l'autre. De plus, il paraissait évident qu'aucun de nous deux n'avait pu trouver, depuis notre brouille, un autre compagnon de cordée à la hauteur de notre duo. En quelques mots pudiques, je m'excusais pour mon comportement aux Grandes Jorasses. Zian dut sentir le poids de ma peine et, au fur et à mesure que nous enchaînions les verres, son intransigeance fléchissait. Soudain, spontanément, il me proposa de réaliser la course aux Drus dont nous avions rêvé, en avril dernier, dans le train du Montenvers. Zian venait d'amnistier le passé comme on efface une ardoise. Ce sommet serait le point d'orgue de notre entraînement avant l'examen ultime d'alpinisme, à seulement trois semaines de là.

La montagne dont nous arpentions les flancs quarante-huit heures plus tard était incroyable et notre cordée, aussi efficace que toujours. La vigueur physique de Zian et mon agilité technique venaient à bout de tous les obstacles. Nous avions, effectivement, besoin l'un de l'autre pour accomplir cette ascension emblématique. Nous vécûmes ces retrouvailles comme une célébration et, en deux jours, avec un bivouac en paroi, ensemble nous conquîmes la pointe des Drus, répétant ainsi un beau passage du bréviaire de l'alpinisme, la face ouest de cette pointe effilée faite pour découper d'énormes bouchées de nuages. Sur son granit compact et fracturé, nous pûmes travailler la lecture d'itinéraire, les manipulations de cordes et la tactique de course.

Mais au-delà de la performance accomplie et du lien retrouvé, cette course me permit d'exorciser ma dernière visite à Roland. Même si la compétition entre le grand guide et Victor Pottuz m'avait renvoyé à ma propre confrontation avec Rodrigue, je déplorais l'aversion qui m'avait alors étreint. Il était stupide, et injuste, d'en vouloir au vieil homme. Cette escalade aux Drus m'avait fait prendre un recul salutaire. Roland Amouriaz demeurait l'immense alpiniste que j'admirais et il méritait, plus que jamais, que je poursuive la rédaction d'un ouvrage regroupant ses exploits. Le 15 août avait signé un compromis avec l'été et les couleurs des montagnes perdaient en éclat, s'attendrissaient. Ce ralentissement du cours de la belle saison sonnait furieusement l'approche de l'examen.

◆

En pénétrant sous le dôme de l'École nationale de ski et d'alpinisme, je me sentais dans le même état que mes anciens élèves le jour de leur baccalauréat. Un jour où l'on est conscient de jouer son avenir. Mon cœur se serrait aussi fort que mes poings. Dans le gymnase, où les têtes connues des autres aspirants de ma promotion étaient rassemblées, nous échangions tous un sourire crispé, partageant l'anxiété qui pesait sur nos épaules. J'en avais croisés, succinctement, quelques-uns en montagne lors de cette année écoulée. Rodrigue, évidemment, était là. Sans surprise, son assurance affichée accentua ma nervosité. Puis j'aperçus Zian, posté dans un coin à côté du distributeur de boissons. Sa présence me rassura aussitôt et je me dirigeai vers lui. Rien de tel qu'un petit café pour diluer la densité du moment. Noyer dans ces quelques gorgées de liquide noir et fumant nos angoisses d'étudiants prêts à recevoir l'ultime verdict du travail acharné de l'espoir d'une vie. Au milieu de cette assemblée, mon regard errait sur les mains de ces aspirants guides refermées sur leur gobelet en plastique. Les écorchures aux phalanges et la corne rappeuse des paumes témoignaient de l'entraînement de chacun durant ces derniers mois. Les doigts arqués, recouverts de callosités, dénonçaient la caresse du granit. J'eus une pensée pour Roland, pour la facilité avec laquelle il avait dû, voici plus de quarante ans, réussir cet examen. Pour lui, une simple formalité. Une projection qui ne me quitterait pas durant les quinze jours qui allaient suivre…

Bientôt, se dressant sur une estrade, l'un des instructeurs de l'École – notre chef de stage – prit enfin la parole. Il s'agissait de Marc, un grand guide que tout le monde connaissait dans la vallée. Grimpeur de pointe évoluant dans les cotations les plus élevées qui puissent exister, ce montagnard d'une quarantaine d'années au physique impressionnant arborait une barbe finement taillée dans le prolongement d'une chevelure frisée abondante. Son regard profond semblait scruter en permanence son interlocuteur comme on sonde les prises d'une paroi. Outre ses compétences exceptionnelles d'alpiniste, Marc était également reconnu pour ses expéditions engagées en Himalaya. Il nous rappela les trois grands modules qui nous attendaient. Un examen théorique, suivi d'une mise en situation avec un client et, pour finir, une évaluation de la performance générale du candidat.

◆

Nous attaquâmes dès le lendemain matin la partie théorique entre le gymnase de l'École et la falaise des Gaillands à Chamonix. À la différence de Zian qui excellait dans les manœuvres de corde, les examens techniques et pratiques me demandèrent beaucoup de concentration et d'application. Alors qu'il me fallait conceptualiser consciencieusement les différentes étapes d'une opération de secours, le bon sens de mon compagnon de cordée lui permettait de mettre en place rapidement le mouflage idéal. En revanche, sur les épreuves écrites, en météorologie, en réglementation ou en topographie, mes années d'études académiques jouaient en ma faveur. Zian était moins scolaire mais il s'en sortait toujours honorablement en convoquant son intuition et son sens pratique. Ces premiers jours d'évaluation à Chamonix passèrent vite et toute la promotion prit ensuite le bus en direction des Écrins, dans les Hautes-Alpes, pour affronter la deuxième partie du stage, la mise en situation. Nous nous sentions comme une équipe de football partant à l'assaut d'un championnat.

Établis en camp de base à La Bérarde, nous devions conduire nos cordées sur des itinéraires imposés avec des clients que nous ne connaissions pas. Des formateurs nous suivaient pour apprécier l'organisation générale des courses. Je fus évalué sur la traversée des arêtes de la Meije. Aucune difficulté technique d'ampleur mais un accompagnement exigeant de mon client, lequel était d'un bon niveau mais manquait d'endurance et de combativité. Je sentis que les courses effectuées avec Bruno, quelques semaines plus tôt, n'avaient pas été de trop pour m'exercer à prodiguer les bons conseils en vue de diriger notre cordée vers le but fixé. Mais arrivés au refuge de l'Aigle, Marc, qui nous avait suivis et devait me noter, resta discret, voire réservé, quant à son verdict sur ma conduite. J'eus alors le sentiment que rien n'était encore acquis pour moi. J'en vins à douter de l'issue de cet examen. Allais-je manquer l'ultime prise avant le sommet ?

Lors de la dernière soirée dans un café de La Bérarde dont l'ambiance rappelait un peu celle de *L'Oursine*, Marc nous confirma que nous partirions la semaine d'après en Italie, dans les Dolomites. Plus de client sur la corde, mais un instructeur. Plus d'amateur dilettante, mais un maître passionné et… exigeant. Sur un ton professoral, il nous rappela l'objectif de cette épreuve finale. La montagne est un milieu dangereux, soumis aux aléas de la nature et insensible aux défaillances des hommes qui la parcourent. Il faut savoir réagir dans les pires situations. Préserver sa lucidité nécessite de pouvoir se détacher des difficultés techniques. Il est ainsi primordial, pour un guide, de maîtriser parfaitement l'environnement dans lequel il évolue avec son client. « Être performant en montagne est un prérequis à la sécurité. Donnez le meilleur de vous-même pour réfléchir, puis agir ! » furent les derniers mots lancés par notre chef de stage. Des mots qui me laissèrent morose.

Avec les enjeux que nous allions risquer, les ressources qu'il nous faudrait déployer et entrevoyant leurs épreuves à venir, le découragement commençait à rogner mon espérance de devenir guide un jour.

◆

Par un soir d'orages de cette fin août, les cinquante aspirants de la promotion que nous formions, après avoir suivi l'arc alpin d'ouest en est, débarquâmes au refuge d'Auronzo, dans les Dolomites. Les soutes du bus étaient bourrées de matériel et nos têtes remplies d'ambition. Nos malles comme nos esprits se déchargèrent sous la protection des *Tre Cime de Lavaredo*. Jaillies de pleine terre comme des termitières, ces trois tours de calcaire semblaient avoir été érigées par une force mystérieuse. La douceur de vivre italienne, avec sa musique et sa cuisine, ne nous prédisposait pas vraiment à une confrontation avec le royaume du vide qui s'offrait à nos yeux. Même si les Alpes sont une chaîne continue, nous étions loin de la France, de Chamonix, de *L'Oursine* où mon cœur était resté.

Perdu dans mes pensées, je vis Marc venir à ma rencontre sur la terrasse du refuge. C'était pour m'annoncer qu'il allait être une nouvelle fois mon instructeur. Nous allions faire cordée commune pendant presque une semaine. Malgré ses réserves sur ma précédente épreuve, je pris ce signe du destin comme une chance. Ainsi, croyant en ma bonne étoile, je lui proposai l'attaque de la voie Cassin à la *Cima Ovest*, course d'envergure sur une paroi de légende. Cet itinéraire ouvert dans les années trente était un appel au vertige, il avait une géométrie déversante qui ne laissait aucune perspective de repos. Tout en me gratifiant d'un sourire éloquent, Marc accepta avec enthousiasme.

Nous vainquîmes cette muraille en six heures. Les longueurs tirées sur sa paroi escarpée furent comme des bords tirés sur une mer déchaînée. Concentrés, combatifs, Marc et moi avons traversé cet océan calcaire en prenant pied sur le vide. Cependant, une autre belle ascension relativisa la portée de cette réussite. L'équipe voisine était venue à bout de la même voie en seulement… cinq heures et trente minutes. Une performance ! Ma satisfaction orgueilleuse fut alors une nouvelle fois assombrie. Et qui donc était le premier de cette cordée victorieuse ? Rodrigue !

Encore et toujours Rodrigue ! Je ruminais mon amertume jusqu'à la fin du stage dans les Dolomites, jusqu'à ce moment de vérité tant attendu où nos destins en tant que guides allaient enfin être scellés.

Depuis la terrasse, adossé au mur du refuge, dont l'enduit blanc de chaux restituait la chaleur emmagasinée pendant les heures du jour, je regardai le soleil sombrer sous la ligne d'horizon quand Marc vint me rejoindre, deux petits verres tulipes remplis d'une grappa aromatisée à la framboise à la main. Cette eau-de-vie italienne aidant à délier la parole, je lui narrai brièvement ma course aux Grandes Jorasses, confessant ouvertement que cette compétition m'avait tourné la tête. Il ne sembla pas surpris. Avec indulgence, il me confia que lui aussi aurait aimé battre un record sur la voie Cassin pour surclasser l'autre cordée, avant d'ajouter que la façon dont nous avions conduit notre course avait néanmoins été irréprochable. Notre échange se poursuivit à la lueur d'un ciel étoilé. Je ne savais plus comment situer mon interlocuteur. Était-ce le professeur qui me parlait ou un camarade ? Je n'allais plus tarder à l'apprendre.

Lorsqu'il se leva pour prendre congé, Marc me serra la main en me félicitant « comme un collègue et désormais un ami ». À ces mots sobres et sincères, au contact du cuir de cette paume, je compris que je venais de réussir mon examen de guide. Plantant mes yeux dans les siens, submergé d'émotion, je le remerciai de m'avoir ouvert les portes d'une nouvelle vie. Ma bonne étoile était bien là, brillant au-dessus de nous, quelque part à la verticale de l'une des trois cimes du Lavaredo.

Après ces dix jours de « dolomitisme », nous regagnâmes Chamonix les mains couvertes de plaies, les yeux pétillants de souvenirs et, pour la plupart d'entre nous, confirmés. Il n'y avait plus de classement à la sortie de ce long cursus pour devenir guide. Ne pouvant dire si l'alpinisme en avait perdu ou gagné quelque chose, cette absence d'indicatif me laissait surtout frustré de ne pas pouvoir me comparer à Rodrigue. Arriver devant lui à cet examen aurait été pour moi plus que gratifiant. Sans doute, était-ce mieux ainsi. N'avais-je pas réussi à atteindre le but que je m'étais fixé depuis tant d'années ? Toutes ces privations, ces sacrifices, n'étaient-ils pas aujourd'hui récompensés ? Guide !

J'étais guide !

◆

En cette douce soirée de la fin août, admirant les sommets alentour, je marchais la tête levée vers la voûte céleste qui commençait à clignoter. Certains de mes camarades de promotion s'étaient donné rendez-vous dans des bars de Chamonix. Moi, j'errais comme un pauvre diable satisfait sans pour autant vouloir consacrer ce moment dans la fête. *Évidemment, nous irons célébrer ça ensemble avec Zian à* L'Oursine ! Car, bien sûr, lui aussi avait réussi. Et puis, je pensais à Roland. Mon enthousiasme à l'idée de lui annoncer la bonne nouvelle se voyait entaché d'un cas de conscience. Le pauvre… Celui qui avait été l'un des plus grands guides de l'histoire de l'alpinisme aurait-il la force de partager mon bonheur alors que le sien, jour après jour, disparaissait comme peau de chagrin ?

CHAPITRE 9
Septembre

Après un été vécu en communion avec la montagne, le mois de septembre me ramena vers des réalités plus terre à terre. Entrant dans les méandres de l'administration publique afin de stabiliser ma nouvelle situation professionnelle, je m'inscrivis à la maison des guides de Vallorcine et commençai à chercher à me faire une clientèle. Ce diplôme de guide me procurait un contentement crâneur. Il me conférait un statut qui renvoyait l'image d'un homme accompli au milieu social dans lequel j'évoluais. Vanité, certes. Mais, à défaut d'assurer le bonheur, la fierté procure parfois le confort. Aussi, tandis que je retrouvais avec plaisir le calme de mon village se délestant progressivement de ses touristes, la montagne se rhabillait de vide et de silence.

Lorsque trop de quiétude engourdissait mes soirées, il m'arrivait de descendre vers la vallée pour profiter de l'arrière-saison, encore insouciante. Chamonix! Dans ce village-monde de l'alpinisme, les activités nocturnes de fin d'été ne manquaient pas et les ambiances étaient aussi diverses que les clients. Il m'était alors agréable de délaisser un peu Vallorcine et son Oursine pour aller retrouver les pubs de « Cham' ». Boire la bière à même la cruche dans un endroit branché en écoutant un DJ résident me changeait d'air. Un soir, Zian m'accompagna et nous passâmes un moment radieux au Monopole Café, plongés dans de profonds fauteuils au milieu d'une jeunesse flamboyante évoluant sous des remix électro de tubes disco. Quel contraste entre cet établissement de nuit et le ronronnement de *L'Oursine*! Mais ce n'était pas la bière et le génépi qui faisaient la différence. La licence IV était bien la seule chose qu'ils avaient en commun. Et c'est en sortant de ce bar que je me retrouvai nez à nez avec… Pauline! Il semblait que le destin n'eût de cesse de la placer sur ma route avec une insistance soupçonneuse. Ses yeux si bleus – *à rendre jaloux le ciel d'après la pluie*, aurait dit Aragon – avaient flashé dans les rues enfiévrées de Chamonix. Tandis que Zian remontait à Vallorcine, me voilà revenu aussitôt au Monopole… avec cet inattendu changement de compagnie.

À ma grande surprise, j'appris que Pauline prenait des gardes à la clinique de Sancellemoz et qu'elle s'occupait de nouveau de son ancien patient. Ainsi la conversation, tout naturellement, porta de suite sur Roland. Les nouvelles qu'elle en avait étaient plus fraîches que les miennes. La convalescence du vieux guide restait problématique. Toujours cette cheville qui ne parvenait pas à guérir. La culpabilité importuna ma conscience. Je n'avais pas encore pris le temps de retourner le voir depuis l'obtention de mon diplôme…

Nous abordâmes ensuite des rivages plus légers où l'esthétisme des mots l'emportait sur leur profondeur. La montagne revint rapidement au centre de notre échange dans une joyeuse confrontation de nos différentes approches. Je savais déjà depuis notre périple dans le Valais qu'elle parcourait les sommets dans l'unique but de se divertir. Ma conception restait évidemment plus élitiste. Je sentis toutefois qu'elle était prête à goûter avec moi la verticalité de la haute altitude et ses plaisirs. D'ailleurs, ne m'avait-elle pas un jour demandé de l'emmener au Cervin ? Demande qu'elle réitéra d'un air engagé :

— Maintenant que tu es guide, tu pourrais me conduire tout là-haut ? Pour moi, c'est quand tu veux !

J'étais noyé dans le flot de ses yeux. Mes pensées se perdaient dans son beau visage. Notre dialogue se fit plus éthéré, notre relation semblait prendre une autre forme. Je respirais discrètement son parfum, aveu d'un corps qui s'oublie dans les airs. Nous étions heureux de ces nouvelles retrouvailles.

— Merci à toi, Pauline, de m'avoir suivi. La prochaine fois, ce sera sur une corde, lui dis-je en la quittant.

◆

Je ne me rendis à Sancellemoz que fin septembre. Les mélèzes commençaient à jaunir. Bientôt, ils prendraient une teinte bistre. Les ramures arboraient une palette de tons plus chaude. Je n'avais que trop repoussé ma visite. L'état de santé de Roland m'inquiétait et j'appréhendais d'affronter sa tristesse. L'automne était bien là, au milieu des bâtiments de bétons, austères et maussades, de l'hôpital. En entrant dans la chambre, l'odeur aseptisée qui règne dans ces centres de soins ne me dit rien de bon. La mort a ses relents qui précèdent les vivants et, bien avant que je ne distingue le masque du blessé dans la pénombre, je sentis qu'il cheminait sur le mauvais versant de la montagne.

Roland était littéralement avachi dans son lit, les deux bras le long du corps. Sa jambe mortifiée pendait sous une potence qui la maintenait en l'air. À voir l'agencement de la pièce, je compris qu'il n'avait pas dû recevoir beaucoup de monde depuis notre dernière entrevue. Quelques livres surnageaient çà et là au milieu de magazines de jeux et autres mots croisés. Quel tableau… Celui d'un naufrage. Naufrage de la santé intellectuelle s'abîmant dans des exercices mécaniques, privilégiant une stimulation de l'agilité mathématique au détriment de la réflexion. Assèchement de l'imagination sur le carrelage aseptisé d'un univers limité aux chiffres, aux lettres, à des codes décolorant en noir et blanc les heures lentes, interminables, de ce malade prostré. Décoloration ou à l'inverse… coloriage inconscient, bichromique, du temps qui passe. Ou à ne surtout pas dépasser ? Pour ne pas essayer de sortir du cadre de cette chambre, ne jamais être tenté de mettre fin aux soins prodigués en vue d'une guérison incertaine ? Comment Roland Amouriaz avait-il pu en arriver là ? Lui, l'homme des tempêtes et des conquêtes, était à présent devenu l'homme de l'ennui et de la déchéance. J'étais, certes, préparé à ne pas le trouver en très bonne forme, mais je ne m'attendais pas à un tel niveau de désolation. Ce choc ravalé, je me lançai d'un ton que j'espérais enjoué :

— Bonjour, Roland !

— Bonjour, gamin, réagit-il aussitôt. T'en as mis du temps pour venir m'annoncer ta réussite à l'examen !

— Qui vous a dit ça ?

— Ah, ah, j'ai mes sources ! fit le vieil homme, taquin.

Je me sentis un peu peiné, encore plus coupable :

— J'aurais dû venir plus tôt, vous avez raison. Mais je voulais vous l'apprendre de vive voix et prendre le temps de vous raconter comment ça s'est passé.

— Oui, donne-moi tous les détails ! Ça me changera les idées.

Je lui narrais alors ces longueurs tirées dans le calcaire des Dolomites.

— Ah ! Ces faces nord ?! Ce sont de très belles courses pour un examen de guide ! s'anima Roland.

— Effectivement, j'ai dû batailler sérieusement, répondis-je. Nous avons sorti la Cassin en moins de six heures.

— Il faut du courage pour s'engager là-dedans et progresser si vite !

— Oui, un peu, ou bien de l'orgueil ! lâchai-je, sarcastique. C'est un peu moins noble.

— Ah, ça ! Mais l'orgueil, c'est aussi ce qui fait avancer. C'est de l'envie dont il faut se méfier !

Puis, voyant mon malaise, il changea de sujet :

— Et ton livre, ça avance ?

— Oui, mais il me manque un fil conducteur. Je ne trouve pas encore d'harmonie dans ce que j'écris.

— Ah bon ! Je peux t'aider ?

— Il me manque aussi quelques fragments sur les épisodes moins connus de votre histoire personnelle.

Roland sembla perplexe :

— Côté cœur, tu veux dire ?

— Oui, si cela apporte quelque chose de plus.

— Ça n'apporte rien. Les histoires d'amour se sont toujours mal finies dans ma vie, soupira-t-il avant d'avouer, non sans un brin d'espièglerie, avoir plus souffert avec les femmes qu'avec les montagnes.

Et il ajouta, désabusé :

— Plusieurs millions d'années géologiques vous rendent moins changeant et plus prévisible.

Étonnamment, il partait dans des considérations philosophiques tirées des turpitudes de sa vie amoureuse. Ceci donnait du relief à la conversation. Je le poussai alors dans ses retranchements :

— Et donc, vous ne vous êtes jamais marié ?

— Non ! confirma-t-il, amusé. Je n'aime pas rester sur les mêmes prises trop longtemps. On a tous besoin d'amitié, mais je ne me suis jamais cru capable de durer en amour.

— Sauf à trouver un amour qui se réinvente tous les jours ? insistai-je.

— Ah, mais cette forme d'amour est très rare ! laissa tomber Roland. T'ai-je déjà dit que Victor Pottuz m'avait volé ma fiancée ?

Je reçus cet aveu comme un coup. Mon sourire disparut :

— En effet, Roland, vous m'aviez raconté cet été que Victor était parti avec une fille que vous convoitiez, mais je ne savais pas qu'elle était votre fiancée.

— Nous nous admirions mutuellement pour nos compétences en alpinisme, mais du jour où il a fait ça, nous nous sommes mis à nous détester. Nous sommes entrés dans la spirale d'une compétition malsaine. C'était plus que de la jalousie. Nous étions devenus envieux l'un de l'autre…

— C'est aussi la seconde fois que vous parlez d'envie.

— Et oui… Je connais bien le problème ! L'envie, c'est le sentiment des vaincus. Alors il faut essayer de s'en départir, car en montagne, être vaincu, ça veut dire mourir. Victor et moi avons noyé toute notion de prudence dans notre affrontement. C'est de ça qu'il est mort, et son client aussi.

L'image rémanente des Grandes Jorasses se projeta dans ma tête telle une lumière noire. Voici que ce spectre remontait encore à la surface. Mais cette fois, malgré ce chant oppressant qui bourdonnait dans mes oreilles, je réussis, dans un effort douloureux, à me maîtriser. Refoulant mes souvenirs, je restai d'aplomb, concentré sur les mots de Roland, les assimilant un par un, et enchaînai avec résolution :

— Oui, c'est dangereux. La dernière fois qu'on s'est vus, vous alliez aborder cet accident à Bionnassay en 1988 et votre redescente vers Chamonix… Je vous ai malheureusement quitté trop tôt.

— Eh oui… Mais ce n'est pas grave. Il n'y a rien à raconter.

— Mais… Si ! Avez-vous vu tomber Victor et son client ? Comment ont-ils glissé ?

Une ombre s'abattit sur le visage du guide.

— Ah, ça, je ne sais pas exactement, grogna-t-il. Ils ont voulu nous dépasser en contournant un rognon rocheux au moment où mon client devait s'arrêter pour souffler. Nous marchions trop vite.

— Et c'est là qu'ils sont tombés ?

— Oui, je pense, souffla Roland dans un soupir lourd. Nous ne les avons pas vus chuter.

Les phrases que l'ancien maître des cimes prononçait s'enchaînaient avec difficulté. Au fil de mes lectures depuis un an, cet épisode tragique m'était paru important, et à l'écouter, il devenait flagrant que cette histoire, avec la perte de Victor, pesait encore aujourd'hui sur sa mémoire tourmentée.

— Je me souviens m'être désencordé après avoir auto-assuré mon client pour aller voir. Mais je ne voyais que le trou dans la corniche par lequel ils étaient passés…

Roland fixait la fenêtre. Derrière la vitre, l'opacité de la nuit cachait cette arête de Bionnassay qu'il était en train d'évoquer. Il devait toujours voir cette montagne telle qu'elle avait été trente ans plus tôt. Je relançai la conversation pour ne pas perdre le cours du récit :

— Dites-moi, pourquoi êtes-vous redescendus versant Chamonix au lieu de reprendre l'itinéraire de montée par les Conscrits ?

Le vieil homme hésita. Il semblait chercher en lui quelque scène du passé que le temps aurait recouverte d'une patine obscure. Après un moment de mutisme, il finit par répondre :

— Ma radio était morte. Il n'y avait pas de téléphone portable à l'époque. Alors, je me suis dit qu'en rejoignant le refuge d'hiver du Goûter, je pourrais appeler les secours. Nous étions en mai et le refuge n'était pas gardé, mais la borne téléphonique aurait dû fonctionner…

— Et ce n'était pas le cas ?

— Non, laissa tomber Roland en regardant le sol de sa chambre de malade. J'ai choisi de descendre directement à Chamonix. J'y suis arrivé au matin du 15 mai. Mon client était en état d'épuisement profond. J'ai prévenu les secours en sachant très bien que les chances de retrouver Victor et son client vivants étaient maigres. La cordée devait se situer six cents mètres plus bas sous l'arête de Bionnassay, écrasée sur les lames de glace.

— Les corps ont bien été retrouvés, n'est-ce pas ? lançai-je timidement.

— Oui. Le PGHM a pu décoller rapidement et ils les ont retrouvés. Le client de Victor, un jeune… est mort dans la chute. Victor, lui, était encore en vie mais dans un état grave. Ses multiples fractures et la nuit passée dans le froid ne laissaient aucun espoir de rémission. Il a été ramené à l'hôpital de Sallanches… mais il est mort deux jours après.

Un silence s'installa.

— Voilà pour cette histoire. Je conserve ces souvenirs dans mon cœur depuis trente ans. Sur quatre alpinistes, je suis le seul à m'en être sorti indemne. Victor et son client sont morts. Mon client a perdu l'usage de ses doigts et n'a plus jamais remis les pieds en montagne.

— Vous lui avez quand même sauvé la vie ?

— Oui, si l'on veut. On m'a félicité de l'avoir ramené tout en essayant de sauver une cordée en perdition. Mais je garde au fond de moi la trace d'un échec.

— Tout grand alpiniste a vécu de tels drames, hasardai-je. Vous avez connu ça lors de votre expédition au Changabang ?

— Oui mais là-bas, c'était le destin. Ici, à Bionnassay, nous avions joué avec Victor, quels qu'en soient les risques. Passe encore, si nous avions été seuls ? Mais notre petite compétition a conduit à la mort d'un client et à l'infirmité d'un autre.

Ma gorge se serrait. La détresse de Roland était si palpable. Après trente ans de deuil. L'air dans la pièce s'était mis à peser sur ma poitrine et parler me devenait difficile. Il poursuivait son récit, jetant dans ses mots toute la souffrance d'un passé révolu :

— Au chevet de Victor, dans la chambre de l'hôpital de Sallanches, je revois encore les yeux de sa femme et de sa fille qui l'ont veillé durant les dernières heures de sa vie. Les yeux d'une gamine de 6 ans qui pleure son papa de tout son amour en espérant qu'il va se réveiller pour l'embrasser… ça ne s'oublie pas. Je n'ai pas eu d'enfant, mais depuis ce jour et aujourd'hui encore, j'ai le sentiment que… c'est comme si j'en avais perdu un.

La voix du guide avait changé. Des larmes roulèrent doucement sur ses joues burinées, suivant les rides pour s'enfoncer dans la peau telle la pluie dans un sillon. Ses yeux rougis fixaient le néant, cherchant, semblait-il, à accrocher un détail du mobilier de la pièce pour faire atterrir sa tristesse.

— Ne vous tourmentez pas ainsi, tentai-je. Votre comportement a été exemplaire. Tous les grands alpinistes ont connu pareilles épreuves, je le répète. Et votre client avait accepté les mêmes risques que vous, en parfaite connaissance de cause. Vous n'avez aucune raison de vous en vouloir.

Roland restait insensible à mes paroles de réconfort. Il avait l'air de vouloir continuer, mais les sons ne venaient pas. Ses lèvres ne parvenaient plus à s'ouvrir. La fillette, sentant que son héros allait la quitter en emportant avec lui un bonheur promis, devait le regarder encore…

— Je te le redis, l'envie est la colère des perdants, conclut-il dans un souffle.

C'est alors que nous entendîmes frapper à la porte.

◆

Pauline était dans l'embrasure.

À cette apparition, toutes les fumées d'antan retombèrent en poussière en une seconde. Quel soulagement que cette ravissante et radieuse intrusion ! Une trêve dans la lourdeur et l'austérité de nos évocations. Si la chambre restait modeste et triste, le parfum que distillait la jeune femme suffit à nous sortir d'un seul coup de l'énergie éprouvante de notre discussion.

— Comment vas-tu, Ian, depuis hier soir ? claironna l'infirmière dans un sourire de connivence.

— Eh bien… Très bien, figure-toi ! lui retournai-je, regard en coin.

Mon cœur s'était mis à battre *allegro*. Roland, s'amusant de notre manège, en oublia presque son état. Ces quelques graines de légèreté n'étaient pas de trop dans la morosité de ses journées. Notre héroïne de l'instant enchaîna sans perdre de temps :

— Il est l'heure de refaire votre pansement, Roland.

Et, s'adressant à nous deux :

— Vous reprendrez vos histoires de guides plus tard.

Le moment du départ avait sonné. L'intensité de nos échanges avec Roland m'avaient secoué et je devais rapidement la retranscrire dans mes carnets. Feignant d'ignorer sa présence, je saluai Pauline et nous nous embrassâmes dans un élan un peu plus appuyé que d'habitude. Il me sembla que sous ses yeux où les miens s'exilèrent, ses joues avaient rosi.

— *Arvi*, Roland ! J'espère que je ne vous ai pas trop fatigué ?

— Ne t'en fais pas, va, ça me fait plaisir que tu viennes me voir. Mais, faut que tu me fasses sortir de là.

— Ça dépend surtout de vous !

En disant cela, je regardai son pied emmailloté dans une ouate orangée suspendue à la bande qui maintenait sa jambe en position haute. Pauline préparait déjà ses soins et fit mine de ne rien entendre.

— Les médecins sont pessimistes, tu sais. J'ai l'impression qu'ils veulent m'amputer de mon pied. Mais je refuse, tu m'entends ! Jamais je n'accepterai de ne pas pouvoir remarcher comme avant.

Il était clair que Roland avait tenté de mettre force et conviction dans ces mots mais, en dépit de sa volonté, la faiblesse de son état général n'était que trop visible. Déni ? Folie ? Espoir ou bien... désespoir ? Je ne pus m'empêcher d'en être apitoyé. Toutefois, avant de passer la porte, je crus lire sur son visage que notre entretien l'avait libéré d'un poids. Pour la première fois depuis trois décennies, le « drame de Bionnassay » venait d'être raconté par son unique survivant.

Je sortis de la chambre. Le silence revint dans mes oreilles. Seul, le ronflement d'une chaudière berçait cette atmosphère de purgatoire. Les patients de ce sanatorium se rattachaient à l'espérance de guérison, mais beaucoup savaient que la rémission était au bout d'un rude chemin que le temps allongeait, irrémédiablement. La route vers Vallorcine fut pour moi un sas de décompression, un retour à la réalité dans laquelle je remettais en perspective toutes les choses que j'avais apprises. Oui, Victor avait pris sa fiancée à Roland. Mais surtout, je contemplais le récit que ce dernier venait de me livrer du drame de Bionnassay comme un trésor intérieur. Un cadeau précieux. J'entrouvris la fenêtre de ma voiture. Tout semblait si paisible dehors. Pourquoi n'arrivais-je pas à être aussi serein que ces arbres qui se laissaient repeindre au gré des saisons ? Celles-ci les changeaient mais ils étaient toujours les mêmes. J'enviais cette obstination, cet indéfectible talent de la nature à rester égale, heureuse quels que soient les aléas du temps.

◆

Empourprant les feuillus, l'automne prenait doucement la place de l'été. Les soirées finissaient autour d'une cheminée, souvent à *L'Oursine*. Les conditions météorologiques offraient de bonnes opportunités de sorties dans le massif du Mont-Blanc. Je partis donc avec un client faire la voie Rébuffat à l'aiguille du Midi, une escalade somptueuse sur un granit au grain serré dont la couleur orange vibrait sous un soleil de sud. La marche d'approche vers le pied de la voie était courte, il suffisait de descendre l'arête du Midi, écharpe effilée qui serpentait entre l'aiguille de pierre et la Vallée Blanche. C'était ma première course difficile en tant que guide et mon client italien requérait toute mon attention. De petite taille, ce Valdôtain à la moustache fine parlait naturellement le français avec quelques accents toniques qui trahissaient ses origines transalpines. Sur la plate-forme exiguë qui donnait accès à cette crête étroite, je l'aidai à s'équiper, contrôlai ses crampons en lui rappelant les consignes de descente. Alors que je vérifiais l'encordement, une vision furtive me frappa. Une femme venait de sortir du tunnel donnant sur la petite esplanade. Son visage, resplendissant sous une épaisse chevelure brune irisée de reflets plus clairs rendus par le soleil et retenue par un large bandeau, épanchait le ciel jusqu'à en absorber tous ses astres. Fasciné, je stoppai net tout mouvement. Sur ce gradin perché, Agathe se tenait devant moi. Son œil imprégné d'éclats verts accusait une énergie fiévreuse.

— Ian ! Comment vas-tu ? Que fais-tu là ? lança-t-elle gaiement.

— Bonjour, Agathe, bredouillai-je. Je suis avec un client. On va à la Rébuf'.

— Super ! Ça fait longtemps qu'on ne s'était pas vus ! Bravo pour ton examen de guide ! J'ai appris la nouvelle par la bande. Je suis contente pour toi.

— Merci, c'est gentil. Et toi, que deviens-tu ?

— Oh, j'ai... quelques projets. Je vais quitter la vallée pour quelque temps.

Mon esprit avait du mal à mettre du sens aux mots que je recevais. J'étais fébrile. J'essayai de contenir mon émotion mais mon cœur battait trop fort. Voyant que je ne répondais pas, Agathe commença à se diriger vers le début de l'arête tout en poursuivant :

— Je vais partir en expédition. Je m'y prépare depuis un an.

— En expé ? m'étonnai-je. Et où ? Avec qui ? Avec Rodrigue ?

Le prénom était sorti tout seul de ma bouche et je me sentis encore plus confus. Ceci fit rire Agathe.

— Non, je n'ai pas vu Rodrigue depuis des mois, sourit-elle, gênée. Je pars au Pakistan avec une équipe de Polonais. Je vais tenter le K2.

— Hein ? Mais vous allez faire ça en hivernal ?!

— Oui, on va tenter la première en conditions hivernales. C'est un projet qui me tient à cœur. Sans doute… l'objectif de ma vie.

— Je n'en reviens pas… articulai-je péniblement, abasourdi par l'ampleur de cette entreprise. Quand pars-tu ?

— Dans quinze jours. On va s'acclimater en octobre et en novembre, puis fin décembre, on attaquera le sommet.

— Je ne sais pas quoi te dire. C'est fabuleux et en même temps très risqué ! On pourra te suivre ?

— Nous publierons l'avancée de l'expé sur les réseaux sociaux et *Le Dauphiné* aura nos comptes-rendus. Je te laisse, Ian… Ça m'a fait plaisir de te revoir ! me lança-t-elle avec un large sourire.

Et, tout aussi soudainement qu'elle avait fait irruption, Agathe fit disparaître ses yeux derrière ses lunettes de soleil, tourna le dos et s'en alla. Je la regardai descendre d'un pas alerte l'arête aérienne de l'aiguille du Midi.

— Oui… Moi aussi, j'ai été heureux de te revoir, articulai-je dans un murmure que le vent, qui fut le seul à l'entendre, emporta.

L'idée de pouvoir suivre cette expédition à distance me rassurait autant qu'elle me déconcertait. Probablement la déception de ne pas avoir été mis plus tôt dans la confidence d'une telle entreprise mais aussi, peut-être, étais-je blessé dans mon orgueil de n'avoir pas été approché pour y participer. Cette aventure allait être suivie par tant de monde… À mesure que sa silhouette diminuait sur ce sentier vertigineux, j'eus l'impression, une fois de plus, que quelque chose m'échappait; qu'un voile ténébreux occultait certaines forteresses qu'Agathe portait toujours en elle. Se raclant la gorge, mon client italien, que j'avais oublié, se rappela à mon souvenir, non sans montrer quelques signes d'impatience. À notre tour, nous attaquâmes la descente. Lentement. Précautionneusement. Je gardais entre lui et moi une corde courte et tendue pour prévenir une éventuelle glissade de sa part. Arrivés au pied de la voie, nous enchaînâmes une dizaine de longueurs sur la structure minérale facettée jusqu'à atteindre le sommet. Je l'avais guidé avec une bienveillance qui s'harmonisait avec la pureté de la ligne d'escalade. Il me remercia chaleureusement. Sans doute avait-il pensé que le flegme était l'une de mes qualités.

◆

Durant toute notre course, j'avais ressassé ce qu'Agathe m'avait dit. L'expédition dans laquelle elle allait se lancer était tout simplement titanesque. Personne jusqu'à présent n'avait réussi l'ascension hivernale du K2, la montagne la plus dangereuse au monde. Isolé dans le massif du Karakorum au nord du Pakistan, culminant à 8 611 m, son ascension était considérée comme plus difficile encore que celle de l'Everest, pourtant plus haut de deux cents mètres. Le niveau technique requis était très élevé, l'approche fastidieuse, la météo dantesque, le froid extrême, sans parler des chutes de séracs et de ses avalanches redoutables… Il fallait, pour une telle entreprise, avoir une âme romanesque autant que doloriste. Équation complexe à résoudre ; on pourrait l'apparenter à de la folie pure. Là où plus de quatre mille aventuriers avaient réussi à atteindre le sommet de l'Everest, moins de quatre cents seulement étaient venus à bout du K2, et encore, jamais en conditions hivernales.

Qu'aurais-je bien pu opposer à Agathe ? Cela faisait plus d'un an qu'elle m'avait quitté et je n'avais aucune légitimité à la retenir. D'autant que cela aurait été inutile. J'avais cependant appris qu'elle s'était séparée de Rodrigue. Ceci aurait dû me réconforter. Mais la voir s'enfuir à nouveau, et pour un univers auquel je n'avais pas accès, me replongeait dans une peine profonde. Impuissant, je me résignais à lui laisser sa part énigmatique. Elle m'avait souri dans un visage éclairé d'indulgence et je m'étais soumis à ce sourire comme on s'incline devant la fatalité. Je préférais vivre d'un regret que mourir d'un refus. Ses yeux tournés vers l'intérieur lui donnaient cette allure qu'ont les femmes dans les tableaux de Modigliani. Protectrices de leurs mystères, gardiennes de leurs secrets.

CHAPITRE 10
Octobre

L'été tombait en lambeaux de feuilles mortes par milliers. Les alpages encore chauds du dernier soleil se couvraient d'un drap froissé et les touffus flambaient sur les pentes des coteaux rincés sans ménagement par des pluies de plus en plus harcelantes. Entre chaque saucée, après que la roche eut séché, j'allais grimper sur les falaises de nos vallées. Bruno venait souvent avec moi, dans les Aiguilles Rouges, terrain de proximité, ou même un peu plus loin jusqu'en Italie. J'exerçais avec enthousiasme ma nouvelle activité de guide.

Un soir, après l'une de ces courses où nous terminions la journée en partageant un petit dîner chez moi à Vallorcine, Bruno feuilleta les livres éparpillés sur ma table de bureau et tomba sur une page décrivant une voie en face nord des Drus, une voie ouverte par Roland Amouriaz dans les années quatre-vingt. « J'en rêve ! » s'anima-t-il aussitôt. Mon ascension du mois d'août dernier avec Zian avait scellé notre réconciliation aussi, l'idée de répéter une voie ouverte par

Roland, avec Bruno, sur ce même sommet, sonna comme une révélation. Nul projet n'aurait pu offrir plus haute valeur symbolique que celui-ci. Tenter, avec mon jeune compagnon et au nom de l'amitié, la voie Amouriaz !

Comme toujours, Bruno fut un solide second. Nous avalâmes la face sans encombre en suivant une ligne de roche comme l'eau l'aurait empruntée.

— Depuis que tu es guide, j'ai l'impression que tu t'traînes ! me railla Bruno essoufflé.

— Tu vas voir, mon salaud ! C'est pas un petit ingénieur de la plaine qui va me donner des leçons ! Accroche-toi, mon gars !

Le sommet fut sorti juste avant la nuit. Nous avions accroché notre équipage à notre bonne étoile, au-dessus de la madone qui nous attendait à l'arrivée. Différente des vierges du Dolent ou de la Tour Ronde qui ont les bras ouverts pour accueillir l'enfant intrépide, ses mains étaient jointes en prière pour intercéder en faveur de l'alpiniste qui avait gagé solennellement sa vie pour venir lui rendre hommage. Ces statues, perchées sur les montagnes comme sur les cathédrales, sont là pour ouvrir au pèlerin, croyant ou non, le domaine des dieux. Ces figures tutélaires, mystiques ou légendaires, forment l'épissure entre la terminaison de la terre et l'espace infini du ciel. La montagne, en cette journée d'ascension, nous avait confié son secret. Celui de la présence au monde. Tous nos sens résonnaient avec les vibrations cosmiques de la planète que nous venions de fouler. Nous habitions l'univers.

Sous un baldaquin d'étoiles, nous avons savouré les douleurs du froid infligées par les bourrelets de granit auxquels nous avions confié notre sommeil. Seuls l'amitié et un gobelet de thé brûlant nous avaient réchauffé le corps, avec ce sentiment, ô combien paradoxal, de jouir d'un luxe qui manquait à tant d'autres, le bonheur de s'éprouver. En gravissant cette année par deux fois ce sommet, c'était surtout Roland, l'un de mes modèles, Zian mon frère de cordée, et Bruno mon élève, que j'avais reliés ensemble. L'harmonie qui se dégageait des Drus, montagne exaltante autant qu'exigeante, avait été atteinte. Je n'avais jamais ressenti le besoin d'exprimer mes peurs et mes joies au cours de mes ascensions. C'était après, seulement au retour de chaque course que mes émotions remontaient, que le chant et les larmes resurgissaient. Le temps qu'un alpiniste dépense à côtoyer les sommets lui est toujours rendu sous la forme d'instants d'éternité une fois qu'il revient dans la vallée. Le sourire de Bruno disait tout. Et cette course resta comme l'un des plus grands moments de ma vie.

◆

Mais cet automne ne voulait pas abdiquer. Le beau temps, l'hiver aux trousses, résistait. Au dernier week-end d'octobre, une belle fenêtre météo me permit de tenir la promesse que j'avais faite à Pauline de l'emmener dans le massif du Mont-Blanc. Bien qu'aguerrie aux pentes de haute montagne, les derniers étages de l'écorce terrestre lui avaient fait goûter les charmes d'une beauté dangereuse. Elle avait besoin de quelqu'un pour l'y guider. Nous avons donc remonté la goulotte Chéré dans le triangle du Tacul, une course qui ouvre les portes du firmament. À cette époque de l'année, ce couloir étroit pratiquement vertical qui alterne glace, neige et granit, avait retrouvé sa solitude. Pauline mettait beaucoup d'enthousiasme à franchir irrésistiblement obstacles et passages aériens. Elle avait un style fluide, inspiré, presque musical. Encouragés par tant d'ardeur, nous grimpâmes jusqu'au sommet du mont Blanc du Tacul et revînmes par l'arête des Cosmiques. Lorsque nous enjambâmes la barrière de la terrasse de l'aiguille du Midi, dernier obstacle avant l'arrivée, son visage enfantin et triomphant me confirma que le bonheur était autour de nous comme le soleil dans le ciel. En guise de mutuelles félicitations, nous tombâmes dans les bras l'un de l'autre. Chamonix nous attendait pour une soirée à butiner de bar en bar avant de terminer chez elle.

Le petit appartement de Pauline donnait sur la rue du Docteur Paccard, cette artère qui alimente le cœur du village. Je diluais mon esseulement dans ce flirt qu'elle me tendait. La joie d'avoir partagé avec elle un univers sauvage m'apportait un sentiment de plénitude que cette année écoulée ne m'avait que trop fait oublier. Le goût de vivre revenait doucement. Juste savourer le plaisir. Pouvoir me donner à l'autre sans intellectualisation ne m'était plus arrivé depuis longtemps. Ainsi nos sens s'embrassèrent, nos corps s'enflammèrent…

Pourtant, au matin, rassasié du désir charnel, je sentis, non sans désappointement, que mon cœur n'était pas prêt à s'abandonner davantage. Noyé dans un tourbillon d'émotions contradictoires, je prétextai une course avec un client et, quittant doutes et regrets, je retournai à Vallorcine.

Même si les yeux de Pauline contenaient la lumière des glaciers, mon âme restait dans l'ombre de la montagne. J'avais la sensation que la jeune femme traversait mon existence sans que je ne puisse avoir la moindre emprise sur cet idéal qu'elle me proposait. Avec elle, j'avais peur de suivre une destinée trop calme et trop sereine, et de vivre comme on dort. Le passage d'un poème de Nerval jadis étudié avec mes élèves ne cessait de tourner dans ma tête :

Elle a passé, la jeune fille
Vive et preste comme un oiseau
À la main une fleur qui brille,
À la bouche un refrain nouveau.[8]

Dès le premier vers, tout était déjà écrit. L'auxiliaire « avoir » au passé composé semblait faire écho à mon propre chemin. Toutes les femmes que je rencontrais « ont passé ». Sauf, peut-être, Agathe qui « était passée ». Elle

8 Gérard de Nerval, « Une allée du Luxembourg », *Odelettes*, 1853.

avait griffé mon cœur mais les cicatrices qui en étaient restées ne parvenaient pas à se remplir d'une passion nouvelle. Je pensais toujours à elle. Je l'imaginais en ce moment au Pakistan, évoluant sur le glacier du Baltoro au pied de cette pyramide funèbre, tombeau de tant d'alpinistes…

Chaque matin, je consultais le site Internet de l'expédition « K2 – hiver 2018-19 ». Dans le calme de mon salon, je m'attablais pour vivre par procuration l'expérience des grimpeurs qui se battaient à six mille kilomètres de là, dans l'Himalaya. Les bulletins quotidiens fournissaient les détails factuels sur l'avancée de l'ascension. J'appris que le camp de base, à 5 000 m d'altitude, avait été atteint. Il était actuellement ravitaillé par des norias de porteurs. L'expédition lancerait ensuite l'assaut vers le camp 1 à 6 065 m sur l'arête des Abruzzes que suit la voie normale. Je lisais les articles rédigés par des membres de l'expédition qui donnaient des récits exaltés des étapes et de l'ambiance qui régnait au sein du groupe. Je ne trouvais pas de trace d'Agathe, mais je sentais sa présence. Elle faisait partie d'une équipe polonaise. J'essayais de me rassurer en me rappelant que ce peuple avait développé un talent particulier pour les expéditions hivernales en Himalaya. D'autres textes enfin, présentaient l'historique des ascensions. Ils recensaient les victoires, mais surtout les morts et les disparus. Véritable cimetière à ciel ouvert, le K2 était une montée aux enfers. Pour quatre alpinistes arrivés au sommet, un succombait. Mon enthousiasme s'étouffait sous l'effet d'une inquiétude grandissante, de plus en plus haletante. Une angoisse sourde.

Avec les pluies d'automne, revenait aussi l'ennui. La montagne se faisait moins attrayante. Regardant par ma fenêtre les arbres pigmentés de rouge et de jaune, je cherchais l'inspiration. Il me fallait poursuivre mon ouvrage sur Roland Amouriaz et j'avais tendance à me perdre dans trop de conjectures au lieu de m'appliquer à coller à la réalité. Nos similitudes me perturbaient. J'avançais, mais pas assez vite. J'avais l'esprit vagabond. L'expédition au K2 me rongeait, accaparait toute ma concentration. Jusqu'à ce qu'une considération s'impose comme une évidence.

Roland, lui aussi, avait fait l'Himalaya. Son expérience était précieuse ! En parler avec lui pourrait me faire du bien, me permettre d'exorciser mes peurs de ces montagnes lointaines et ce, dans la continuité du cadre de mes travaux d'écriture. Mais qu'attendais-je donc pour courir lui rendre visite ?

◆

Le plateau d'Assy pleurnichait sous une bruine épaisse mêlée de brouillard. Les bâtiments, ternes au milieu des arbres à nouveau nus, peignaient un tableau lugubre. Le froid et la tristesse étaient tombés sur la clinique comme les feuilles mortes sur le sol. Après avoir frappé trois petits coups, j'entendis la voix rauque de Roland inviter à entrer.

Il trônait dans un fauteuil, *Le Dauphiné libéré* du jour sur les genoux et Janny assise en face de lui. Je fus accueilli avec bienveillance :

— À Dieu, gamin !

— Bonjour, Roland. Comment allez-vous ?

— Ça va, ça va… Pas beaucoup de changements.

— Bonjour Ian, me dit Janny en se levant pour me laisser sa place. Asseyez-vous donc, j'allais partir.

— Bonjour Janny, je suis heureux de vous voir, mais je ne veux pas vous chasser !

— Non, vous ne me chassez pas. Je dois y aller, on m'attend à l'hôtel. Discutez bien tous les deux et essayez de raisonner Roland ! Il ne m'écoute pas.

Le guide, bougonnant dans sa barbe, jeta un regard rustre à sa nièce qui quittait la chambre avant d'enchaîner à mon adresse comme si de rien n'était :

— Alors ? Et toi ? Tu as fait de la belle montagne ?

— Eh oui ! Devinez quoi ? J'ai emmené mon ancien élève, Bruno, aux Drus. Nous avons répété votre voie en face nord !

— Ah ! Oui, c'est joli, ça…

Je lui trouvai un air fatigué.

— Mais surtout, j'ai conduit Pauline, votre infirmière, au mont Blanc du Tacul par la goulotte Chéré ! ajoutai-je en riant pour tenter d'égayer la morne ambiance de cette chambre de convalescence. J'espère que vous ne m'en voulez pas ?

— Hey hey ! Je vois que tu as découvert les meilleurs côtés du métier de guide, dit-il en feignant la jovialité.

Il essayait de donner le change, mais la conviction n'y était pas. Il se leva maladroitement, sur une jambe, se déplaça en prenant appui sur le fauteuil puis en s'accrochant au chambranle de la fenêtre pour pouvoir l'ouvrir. Dehors, la pluie avait cessé, mais la voûte du ciel restait grise au-dessus du mont Blanc qu'à présent, on apercevait.

— J'aère un peu, ponctua-t-il. C'est agréable de sentir l'automne. Une saison qui, en ce moment, s'accorde bien avec mon état d'esprit.

Il s'exprimait d'un ton las.

— Votre pied ? Ça va mieux ? osai-je.

— Non. J'ai de plus en plus mal… Parlons d'autre chose.

Le guide se rassit après avoir replié *Le Dauphiné* qui traînait sur son fauteuil. La première page du journal, qu'il venait de poser sur la petite table entre nous deux, attira soudainement mon regard. Un portrait d'Agathe éclairait la une du quotidien ! Le titre l'accompagnant annonçait tout un article sur l'expédition au K2, une aventure historique, suivie de près par le correspondant local, à laquelle prenait part une fille de Chamonix, guide de haute montagne de 35 ans, prodige de l'alpinisme et fierté de la vallée. Mon sursaut n'avait pas échappé à mon vieil hôte.

— C'est fabuleux, cette expédition, non ? engagea-t-il.

— Oui, c'est… passionnant.

— Tu la connais, la fille ? demanda Roland d'une voix enrouée et sifflante.

— Qui ça, Agathe ? bégayai-je, encore sous le choc, en détournant mes yeux de ce visage sur papier glacé qui réveillait à la fois tant de bonheur et tant de souffrance.

— Oui, *elle*. Je te vois dévorer sa photo. Tout le monde en parle.

— Je l'ai bien connue, il y a deux ans, puis on s'est un peu… séparés, avouai-je sur un ton que je voulus neutre.

J'essayais de maquiller mon trouble pour ne pas laisser transparaître, ni ma nostalgie du passé ni l'anxiété du présent liée aux risques qu'elle encourait dans cette expédition. Mais la moue gênée que je ne pus retenir acheva de me trahir. Compatissant, mon interlocuteur balaya l'air d'une main :

— Ah ! N'en dis pas plus… Je connais bien ces choses-là.

— Eh oui… Elle est partie avec un autre aspi de ma promo, finis-je par lâcher.

Et, pour ne pas m'éterniser sur cette histoire, je lui retournai la question :

— Et vous, Roland, vous la connaissez ?

Il ne semblait pas s'y attendre. Sur sa figure mal rasée, un fard rouge vint souligner ses rides. Était-il gêné à son tour ?

— C'est… C'est une chic fille, hésita-t-il en soupirant. Tout le monde connaît un peu Agathe ! Si belle et si talentueuse en montagne ! C'est un modèle pour tous les guides, même pour un ancien comme moi.

Cette réponse un peu trop convenue sonnait mal dans sa bouche. Le grand guide cherchait d'autres mots en vue d'ajouter quelque chose mais ceux-ci semblaient coincés dans sa gorge. Ses yeux nerveux se portaient alternativement entre le journal et moi. Sans laisser à un silence le temps de s'installer, je relançai la conversation :

— Le K2, vous n'avez jamais eu envie de le gravir ?

— Je ne suis jamais allé dans cette partie pakistanaise de l'Himalaya. Mais, si j'avais eu plus de temps, sans doute aurais-je tenté une ascension dans le massif du Karakorum.

— Comment évaluez-vous les risques de cette entreprise hivernale ?

— C'est considérable ! Très peu d'élus pour de nombreux candidats. J'en ai connu quelques-uns, des guides de la vallée, qui ont tenté l'ascension en style alpin. Peu y sont parvenus.

— Victor Pottuz, lui, l'a réussi ? hasardai-je.

Dans ma mémoire défilaient des photos himalayennes sur lesquelles j'étais tombé au cours de mes recherches. De nouveau, Roland se décomposa. Il formait des morceaux de phrases qui se télescopaient avant de passer la fente de ses lèvres :

— Oui... Oui, Victor ! Il a... essayé. Mais il n'est pas arrivé... au sommet.

Le guide respira profondément. Puis, sans précipitation, toujours de façon saccadée, comme pour vider un sac, il continua de parler :

— Victor voulait gravir les quatorze huit mille... et le K2 était celui qui lui manquait. Il a fait une tentative en 1986, mais il a dû faire demi-tour à cause de la météo. C'était deux ans avant qu'il ne disparaisse dans l'accident de Bionnassay. Agathe...

Cette fois, le silence se fit. Lourd. J'étais pendu à ses mots :

— Quoi, Agathe ?

— Ben… Agathe, la petite Agathe, tu sais bien ?

À l'instant où il posa cette réplique, un flot d'images me submergea, mes souvenirs s'agrégèrent autour d'elle. Son drame évoqué lors de notre nuit dans la cabane des Périades, son regard impénétrable constamment tourné vers l'intérieur, Roland dévasté depuis sa jeunesse par la vision d'une fillette de 6 ans en larmes dans une chambre d'hôpital auprès de son papa mourant. Enfin, ce départ insensé vers le K2… Brusquement, tout devint clair.

— Agathe est la fille de Victor… parvins-je à articuler.

— Tu ne le savais pas ? me retourna Roland, surpris.

Je pinçai mes lèvres, serrai mes mains fortement l'une contre l'autre, les yeux rougissants vers la photo brandie en une du journal posé là sur la table. Tout ce qui m'avait toujours échappé surgissait d'un seul coup en pleine lumière, comme sous l'effet d'un projecteur qu'on vient subitement d'allumer et qui envoie en pleine face et dans la plus totale des crudités la plus flagrante des évidences.

— On dit qu'en montagne, tous les secrets finissent par ressortir, comme les objets engloutis par les glaciers… murmurait l'ancien guide dans un souffle.

Il contemplait le mont Blanc, vers Bionnassay, ici même où son passé avait scellé l'avenir. Il semblait désolé de ne pas m'avoir avoué plus tôt ce qui nous liait tous les trois.

— Oui, chacun a ses secrets… lâchai-je tel un automate.

Tournant à mon tour le regard vers la montagne qui accostait l'étendue des nuages, je poursuivais distraitement, comme en me parlant à moi-même :

— Agathe avait les siens. Je me sens ridicule de ne découvrir cela que maintenant, mais je suis content que vous m'en ayez parlé, Roland. Je comprends mieux certaines choses, à présent.

Le guide voyait bien le chagrin m'accabler. Il enchaîna :

— Ne t'inquiète pas, gamin ! Ça va bien se passer, leur expé. Les Polonais sont des cracks !

— J'espère que vous avez raison.

Je me levai, posai ma main sur l'épaule de Roland en guise de salut. Son visage était encore couvert d'un voile triste et mystérieux. Je fis demi-tour vers la sortie.

— *Arvi*, Roland, je reviendrai bientôt. Soyez fort.

— À Dieu ! N'hésite pas… Nous n'avons pas parlé de ton bouquin ! conclut-il avec un petit sourire ironique. Il faut bien que tu écrives la suite, non ?

CHAPITRE 11
Novembre

Le froid venait de poser sa caresse sur les vallées. L'hiver frappait enfin à nos portes. Les montagnes, en dépit des premières neiges qui brossaient déjà leurs sommets, étaient encore noires. Au gré d'un vent humide, on pouvait humer l'odeur des sous-bois dont les sols moussus étaient recouverts de champignons. Seules, les fumées s'échappant des cheminées, imprégnant la nature sauvage, témoignaient de la présence humaine. Certains considéraient novembre comme un mois superflu dans le calendrier de la roue des saisons. Pour ma part, je ne le trouvais pas si inutile. Je le voyais comme celui du repos, de l'assoupissement propice au recueillement.

Les allées de Vallorcine étaient désertes. Seule une pie, du haut d'un bosquet, narguait de son cri rauque… un pauvre chat, aussi noir et blanc qu'elle. Il était revenu ! Et il semblait bien désœuvré dans ce village sans vie apparente. En m'apercevant revenir de montagne avec un énorme sac, il me suivit jusqu'à ma porte, se posta à mes pieds et ses yeux suppliants parvinrent à me faire décocher un sourire :

— Tu m'as snobé pendant des mois et tu voudrais que je te reprenne ? Allez, entre, tu me tiendras compagnie.

Après avoir posé au sol un bol d'eau et quelques restes de blanc de poulet coupés en petits morceaux dans une assiette, puis rangé tout mon fatras, je m'assis dans mon canapé en regardant, perdu dans mes pensées, le matou à présent repu explorer mon intérieur.

Je n'en revenais toujours pas d'être passé à côté de l'identité du père d'Agathe. Il est vrai que son patronyme, Agathe Pottuz-Granger, était constitué des noms de famille de ses parents, deux vocables répandus dans la région. Pouvais-je alors me reprocher de ne pas avoir fait le rapprochement avec Victor ? Sans doute avais-je senti dès notre nuit au bivouac des Périades qu'il serait inutile de tenter d'éclairer la part d'ombre de cette femme étonnante. Agathe…

Et puis, que faisait-elle en ce moment même ? Où se trouvait-elle ?

J'allumai mon ordinateur pour consulter le site qui relatait, comme un livre de marche, l'avancée des cordées. Une carte indiquait la position des différentes étapes entre le camp de base à 4 970 m et le camp 4 à 7 680 m. Le sommet apparaissait modestement, probablement pour éviter d'attiser une mauvaise superstition. Agathe faisait cordée commune avec un himalayiste polonais réputé prénommé Zygmunt. À force de lire les articles sur le K2, je connaissais par cœur l'itinéraire des

Abruzzes, que l'expédition avait choisi de suivre. Je pouvais éprouver, par procuration, les difficultés colossales que présentait, en hiver, la « Cheminée House », un passage très vertical situé à 6600 m juste sous le camp 2. La « Pyramide Noire », section la plus exposée de l'itinéraire, se situait quant à elle à 7200 m, entre les camps 3 et 4. Emporté par ma curiosité, je dévorais les récits des rares opérations de secours qui avaient eu lieu sur cette montagne tueuse. La seule DZ[9] envisageable se négociait à 6100 m au camp 1. L'ambassade de France était en lien avec la société privée locale qui exploitait des hélicoptères militaires, mais les machines de l'armée pakistanaise, à ces altitudes, montraient des performances aléatoires. En effet, en cette saison, les minima aéronautiques étaient difficilement atteints. De plus, de telles manœuvres étaient coûteuses et il fallait donc donner des garanties financières – environ quinze mille euros – aux autorités pakistanaises en passant par des méandres politico-administratifs complexes.

— Que fais-tu là, toi ? dis-je au chat qui venait de se faufiler dans l'entrebâillure de la porte.

Happé par mon écran, je ne l'avais même pas vu ressortir. Il me répondit d'un miaulement. Il me narguait. Attendri, je le laissais minauder tandis qu'il entreprenait de visiter la table sur laquelle je travaillais…

— Bon, va falloir me laisser tranquille !

9 *Dropping Zone* : zone de poser pour un hélicoptère.

Me levant d'un bond, je me dirigeai vers le moustachu qui, surpris, sauta au sol, faisant tomber un livre. Je regrettais déjà d'avoir laissé entrer cet animal en ramassant l'ouvrage. *Le Mont Analogue* de René Daumal. Un roman d'aventure racontant l'expédition d'un groupe d'amis vers une montagne mystérieuse au pied de laquelle se trouve une société tournée vers l'escalade et dominée par les guides. Ce voyage était une quête spirituelle, ce mont caché symbolisant un passage vers l'au-delà. J'étais en train de me demander s'il n'en était pas de même pour le K2 lorsque mon téléphone sonna. C'était Janny, comme souvent. Nous avions pris l'habitude de nous appeler régulièrement pour échanger des nouvelles de son oncle. Mais cette fois, cela sentait la mauvaise nouvelle. Au premier son de sa voix, je compris qu'il s'était passé quelque chose.

◆

L'état général de Roland venait de se dégrader brusquement. Inquiète, Janny m'apprit que notre dernière discussion, voici quinze jours, l'avait énormément remué. Cette information me désola :

— Oh… Mais… Je n'avais pas l'intention de lui casser le moral…

— Non, ce n'est pas ce que je voulais dire, se hâta-t-elle de préciser. Au contraire, il me parle souvent de vous. Il vous aime bien, ça lui fait oublier son malheur.

— Nous avons discuté de l'expédition en cours au K2. Ça a dû le replonger dans ses jeunes années en Himalaya ? Ce n'était peut-être pas une bonne idée de l'emmener fouiller là-dedans…

Je pensais surtout que l'évocation d'Agathe, avec les révélations qu'il m'avait faites, avait ravivé son traumatisme intrinsèque. L'accident de Bionnassay. La mort de Victor. Son échec de n'avoir pu prévenir les secours à temps. Le poids irréversible de sa culpabilité à perpétuité.

— Je suis davantage préoccupée par son pied. Ian, il devrait se laisser amputer. Essayez d'en parler avec lui, je vous en prie. Il est *tatu* comme une *mula*, dit-elle dans son patois savoyard. Mais peut-être que vous, il vous écoutera.

La dernière fois que je lui avais parlé d'amputation, il m'avait répondu qu'il préférait affronter les conséquences de cette épreuve comme il l'avait toujours fait. En montagnard ! Je m'accordai quelques secondes avant de répondre, sceptique :

— Vous me demandez là quelque chose de difficile. Mais je vous promets d'essayer, Janny.

— Merci, Ian. Je sais que vous le ferez. J'espère que vous n'êtes pas trop dans le vent, là-haut ?

— Effectivement, on subit le foehn, pas bon signe pour la soirée.

Trente minutes plus tard, après avoir fait sortir mon félin « apprivoisé », je fermai ma porte et prenais le volant. La grisaille du crépuscule d'automne avançait vers la nuit.

Les sommets alentour avaient disparu en même temps que le jour. J'étais en route vers Roland.

Dès l'arrivée au plateau d'Assy, l'œuvre de Charles Semser, *La Grande Échelle*, me donna l'impression de débarquer en enfer. J'avais devant moi le gouffre de tourments que symbolise cette tour composée de corps humains sculptés dans du béton armé, laquelle luisait dans le faisceau de mes phares irisé de pluie mêlée de neige. Cet amoncellement de personnages aux couleurs chamarrées évoque la soif de puissance d'une humanité se perdant dans une quête autodestructrice. Tels des alpinistes lancés à l'assaut vain d'une montagne invisible, ces statues ne savent pas si elles parviendront à gagner le ciel ou si elles finiront à terre, et c'est imprégné de cette représentation métaphorique que je pénétrai dans l'établissement de rééducation fonctionnelle. L'odeur des produits de nettoyage alliée à celle, moite, de renfermé, était écœurante. Je trouvai Roland assis dans son fauteuil en simili cuir marron. Il leva lentement les yeux vers moi. Son visage émacié lui donnait l'air d'un cadavre. Fatigué par ma conduite dans le mauvais temps et trempé d'eau glacée – mes quelques pas au sortir de la voiture entre le parking et la porte d'entrée de l'hôpital ne m'avaient pas épargné –, j'ai dû lui renvoyer la même image.

Il sembla ne pas me reconnaître de prime abord. Il essaya néanmoins de sourire. J'avançai dans la pièce vers le fauteuil en vis-à-vis. Un silence étrange régnait. J'attaquai en douceur, avec des phrases courtes, sans ponctuation ni intonation :

— Comment va votre blessure ? Que disent les médecins ?

— Ce n'est pas bien fameux, tu sais. Mon pied s'est réinfecté en profondeur et je vais devoir subir une nouvelle opération. J'sais pas si j'arriverai à m'en sortir.

— Ne dites pas ça, Roland ! Vous ne pouvez pas vous laisser abattre ainsi, rétorquai-je d'un ton assuré, tant dans l'espoir de convaincre mon interlocuteur que pour tenter d'étouffer ma fébrilité.

Devant son mutisme, je repris courageusement :

— Vous refusez toujours d'envisager cette amputation ? Cela vous rendrait une partie de votre liberté !

— Ah, ça ! Non. Jamais ! Pas à mon âge en tout cas ! J'ai bien assez vécu et je ne vois aucun intérêt à prolonger inutilement mon existence sur Terre. Cette convalescence m'épuise, je me sens déjà partir à petit feu…

Roland avait pris quinze ans d'un coup. Amer constat, il avait renoncé à donner de la vie au temps aussi bien que du temps à la vie. Il soupira faiblement avant d'enchaîner :

— Je voudrais bien que tu me dises si ton livre avance. Ça me fait plaisir finalement que tu aies pu raconter un peu mon histoire. Je me rends compte que j'ai gardé trop de choses pour moi.

Sur ces mots, il baissa les yeux comme le font inconsciemment les enfants lorsqu'ils cherchent à dissimuler les traces d'un mensonge inscrit dans leurs pupilles.

— Oui, mon livre avance ! répondais-je avec force. Toutes nos discussions, en plus de mes recherches, m'ont permis, je crois, de retracer de façon à peu près honnête vos victoires… comme vos échecs.

— Mes échecs… Eh oui… se força-t-il à sourire.

Cette réaction me laissa désemparé. Je ne savais plus qu'ajouter. Grâce lui en soit rendue, c'est lui qui me tira de là :

— Je ne sais pas si je pourrais tout raconter, confia-t-il, un sanglot étouffé dans la voix. Je ne sais pas si j'en aurais la force et surtout le courage.

— Roland, rien ne presse. Il faut avant tout vous remettre en forme et surtout écouter les médecins.

— Oui, bien sûr, mais si un homme ne doit pas chercher la mort, il ne doit pas non plus essayer de la retarder quand il l'entend frapper à sa porte. Et les médecins ne sont pas des magiciens.

Je regardai cet homme vieilli. Je ne voyais en lui que de la résignation. Qu'il était loin, ce montagnard colossal qui, portant son client à bout de bras gelés, avait rageusement traversé une montagne pour tenter de sauver une cordée déjà perdue ! Sentant des larmes poindre sous mes paupières, je les ravalai vite avant qu'elles ne sortent. À nouveau, je ne savais plus que dire.

— Soyez fort, Roland ! Vous en avez vu d'autres ! parvins-je à murmurer, les cordes vocales prises de trémolos. Vous avez surmonté des épreuves bien plus rudes…

— À quoi bon… posa-t-il calmement. Je commence à entrer dans la nuit. Je ne vois plus très bien la trace que j'ai laissée derrière moi.

— Allons ! Ne vous laissez pas aller au désespoir. La prochaine fois que je viendrai vous voir, je vous ferai lire le manuscrit ! Qu'en dites-vous ? Et je vous montrerai aussi les premières photos que j'ai sélectionnées pour l'illustration. Cela vous fera sûrement remonter des éléments ou anecdotes qui manquent !

— En espérant que j'en aurais la force… répéta-t-il, songeur.

Puis, subitement, son visage s'éclaira, comme soulagé d'une résolution aussi soudaine que libératrice :

— Et si je t'écrivais ce que je n'ai plus la force de te dire ? Si je ne peux plus tenir le piolet, je peux toujours tenir un stylo !

Ses yeux fixaient comme un objet dérisoire le magazine de mots fléchés qui traînait sur la crédence.

— Très bonne idée, Roland ! m'exclamai-je en souriant à mon tour.

Je feignais un enthousiasme consolateur. Je savais que tout ce qu'il pourrait m'écrire ne me serait plus de grande utilité pour achever mon ouvrage. Mais cette ultime volonté d'entreprendre une action constructive ne devait pas être découragée. En dépit de sa santé chancelante, voilà que Roland s'accrochait enfin à une prise, probablement la dernière encore à sa portée, et je mettais un point d'honneur à le stimuler, nourrir avec lui cet espoir improbable. Et c'est dans ce partage de sourires mouillés de larmes que nous nous quittâmes. Plus besoin de parler. Nous étions arrivés au bout de notre peine et la perspective de graver la marque de nos échanges rendit de la douceur à la douleur de cet au revoir. Désormais, nous serions deux à écrire.

— *Arvi*, Roland.

— *Arvi*, gamin !

◆

Déambulant dans les couloirs en direction de la sortie, je me surpris à déplorer l'absence de Pauline. Elle n'était de garde qu'occasionnellement. Alors que le destin l'avait placée plusieurs fois sur mon chemin sans que je ne la cherche, en cet instant, je désirais ardemment sa présence. Son épaule, ses yeux et son parfum…

La pluie avait cessé de s'abattre sur les massifs. Le brouillard se levait le long de la muraille noire de la chaîne des Fiz, faisant disparaître les arbres dans une épaisse nuée blanche. Aucune pensée particulière ne traversait mon esprit. La fatigue avait repris ses droits sur l'émotion. La montagne d'automne se refermait sur elle-même et je regrettais juste de ne pouvoir côtoyer ses sommets.

CHAPITRE 12
Décembre

Décembre a toujours été à Lyon le mois de la fête des Lumières. Depuis mon enfance, j'ai grandi avec ce rendez-vous annuel où les éclairages des maisons chassent les ténèbres et rassemblent les hommes. Mais cette année-là, cette atmosphère ne collait pas avec mon humeur. N'ayant que faire de toutes ces décorations, je n'avais pas le goût de partager la douce effervescence du village. Je naviguais entre mon inquiétude pour Agathe, partie à l'assaut des flancs d'une montagne tueuse, et ma tristesse pour Roland, parti sur les pentes du désespoir. Et par-dessus tout cela, je restais sans nouvelles de Pauline. Il est vrai que je lui reprochais d'être de garde à chaque fois que je lui proposais une sortie. J'étais injuste. Si quelqu'un méritait un reproche, c'était bel et bien moi-même. Avec quelle froideur l'avais-je quittée après notre dernière course dans le massif du Mont-Blanc…

Certains soirs, j'allais boire un verre à *L'Oursine.* Le rituel était immuable. La saveur de la bière, la conversation des autres et la chaleur des flammes dans la grande cheminée m'accueillaient toujours comme un ami. Je m'installais au comptoir, quelques connaissances me saluaient, curieuses de mes dernières sorties en montagne. Les discussions allaient généralement bon train et, lorsqu'il arrivait que personne ne vienne m'aborder, c'est moi qui faisais le tour des tablées, à la recherche d'un contact. Je me rendais compte que Roland manquait. L'absence du grand guide rendait ce décor bancal et un sentiment de solitude m'envahissait. L'image d'Amouriaz sur son lit d'hôpital, phagocyté par la douleur et le doute sur l'avenir incertain de sa mobilité, me rongeait. C'est ainsi que l'ultime compagnie qui me restait, immanquablement, pour terminer ces veillées, était la mélancolie. Le soir du 20 décembre avait ressemblé à cela.

Abreuvé d'alcool et de paroles, je quittai la taverne vers 22 heures. Au loin, les nuages s'amoncelaient sur le mont Blanc, mais le ciel était encore émaillé d'étoiles et de lune. J'étais sur la route pour rentrer quand mon téléphone sonna. C'était Zian :

— Tu as eu mon message ?

— Non, qu'y a-t-il ?

— Tu n'as pas l'air au courant. L'expé au K2… Il est arrivé quelque chose à Agathe.

Mon cerveau se mit en défaut. Ces trois phrases y tourbillonnèrent sans pouvoir s'arrimer à ce qu'elles signifiaient.

— …elle a lancé un SOS sur son InReach[10].

10 Appareil de communication satellite permettant d'échanger de courts messages textuels ou d'envoyer un SOS à un centre de surveillance.

— Que s'est-il passé ? déglutissais-je, le cœur battant à tout rompre.

— On ne sait pas trop… Ça vient juste de sortir sur les réseaux sociaux.

— Où ça s'est passé ?

— A priori à la redescente du camp 3 vers le camp 2, précisa Zian. On espère que le reste de l'équipe va pouvoir la récupérer d'après sa position GPS.

— Merci de m'avoir appelé, Zian. Demain, je descendrai à Chamonix pour en savoir plus…

— Ok. Ça va aller, toi ?

— Oui… Je pense.

Je raccrochai. En réalité, je n'en pensais pas un mot. Le sol s'était dérobé sous mes pieds. Le monde qui m'entourait se délitait et je me sentais dériver. Ma respiration était haletante. Une réaction instinctive me poussa à courir en direction du vallon de Bérard, brassant une neige qui m'arrivait aux genoux. Arrivé au refuge de la Pierre, mon sang reflua dans ma gorge, mes jambes se pétrifièrent, mes poumons s'étouffaient. Enfin, je m'écrasai dans une épaisse couche de poudreuse, face contre ciel. Un ciel pur enflammé par la lune. Reprenant mon souffle, j'entendais mon cœur cogner dans ma poitrine comme pour entrer en résonnance avec le paysage.

Puis, progressivement, tout se calma, mon regard appuyé sur la voie lactée et mon corps figé dans la neige. La profondeur de l'univers me happait. *Où es-tu, Agathe ? Souffres-tu sur les flancs glacés d'une montagne sans air et sans refuge ?*

Es-tu encore en vie ?

Je ne sais comment je parvins à rentrer chez moi. Combien de temps mon corps était-il resté allongé dans le froid au fond de cette combe ? L'hypothermie avait dû me frôler. Parcouru de frissons, je m'enroulai dans ma couette. Mais l'épaisseur des plumes ne suffit pas à me réchauffer. Je me préparai un thé brûlant et me précipitai sur mon ordinateur pour parcourir frénétiquement le forum de discussion de l'expédition au K2. L'accident était mentionné. Nous étions effectivement sans nouvelles de deux alpinistes qui évoluaient entre les camps 2 et 3. Agathe faisait partie de cette cordée et avait déclenché un signal de détresse. Rattaché ainsi à une dizaine de misérables lignes sibyllines affichées sur un écran, je traversais la nuit rongé par l'angoisse, hanté par la peur de sa disparition.

◆

Dès l'aube, je pris la direction de Chamonix. J'avais lu dans *Le Dauphiné Libéré* que les locaux qui hébergeaient la base arrière de l'expédition se trouvaient en plein centre du village. Une petite équipe soutenant logistiquement, depuis la France, les alpinistes engagés sur l'ascension de ce lointain et second plus haut sommet du monde. En entrant, cette salle sans fenêtre me fit l'effet d'une cellule de crise. Six personnes s'affairaient et aucune d'entre elles ne fit vraiment attention à ma présence. Plusieurs écrans plats projetaient des informations permettant de reconstituer la situation sur place tandis qu'une main courante listait, heure après heure, toutes les actions entreprises. Des images météo défilaient en boucle, pronostiquant l'évolution du temps en fonction des modèles.

Parmi les membres de cette équipe, j'identifiai un météorologue et un médecin qui discutaient des prévisions, forts de leurs connaissances scientifiques en cet instant où la raison devait l'emporter sur l'émotion. Sur ma droite, assis face aux écrans, une tasse de café à la main, je reconnus le routeur qui assurait la base arrière logistique d'Agathe. *Le Dauphiné Libéré* lui avait consacré un article : c'est avec lui qu'elle avait préparé cette entreprise démesurée. Visiblement en liaison avec le camp de base et les autorités pakistanaises agissant sur le terrain, il s'entretenait avec deux autres guides qui assuraient le suivi de l'expédition. Et… Mais qui encore voyais-je donc là ? Marc ! Mon professeur de l'ENSA avec qui j'avais enchaîné les voies dans les Dolomites lors de mon examen final de guide ! Sous son épaisse chevelure et un bronzage déjà bien dilué depuis l'été, paraissaient des yeux fatigués. Le retrouver ici me rassurait. Il allait sûrement m'apporter des réponses. Enfin, dans un coin, comme enveloppée d'une sagesse taciturne, une petite femme aux traits fins et tirés se tenait discrètement, suivant les écrans et les conversations.

Marc vint à ma rencontre sitôt qu'il m'aperçut et me fit un rapide point de situation, confirmant ce que les réseaux sociaux avaient divulgué. Hier, 20 décembre, en début de soirée vers 18 h 00, heure locale pakistanaise, alors qu'elle redescendait du camp 3 avec Zygmunt, Agathe avait utilisé la fonction message de son traceur GPS InReach. En quelques mots abrégés sans syntaxe, elle avait annoncé que son compagnon de cordée venait de dévisser. Marc me fit lire le message : « Zyg chute alti 7 050 debute search ».

— Ça se situe dans le passage de la Pyramide Noire, ajouta-t-il.

— Tu penses qu'elle a pu rejoindre le camp 2 ? demandai-je.

— On ne sait pas. C'est ce qu'on lui a donné comme consigne par retour de message, mais elle n'a pas accusé réception. Depuis sa première alerte, on n'a plus rien reçu d'elle. Le reste de l'équipe n'a aucune visibilité sur l'itinéraire depuis le camp de base. Et la descente de cette section, seule, est extrêmement risquée.

— Vous avez lancé les secours ? poursuivis-je fébrilement.

— Une caravane terrestre est prête à se faire héliporter vers le camp 1 pour tenter une jonction au camp 2. Mais les hélicos de l'armée pakistanaise sont encore à Skardu, ils n'ont pas les minima aéro pour pouvoir décoller. On attend leur réponse.

— La prochaine fenêtre météo, c'est pour quand ?

— Pas avant vingt-quatre heures, souffla Marc en jetant un coup d'œil sur l'écran.

— Je connaissais bien Agathe, tu sais. Je…

— Oui, j'imagine puisque tu es là, coupa-t-il. Je te tiendrai au courant de la suite, ça ne sert à rien que tu restes ici. On va avoir besoin de calme et de concentration.

Frustré de me sentir inutile, je balayai du regard la petite assemblée des veilleurs avant de quitter cette alcôve qui retenait mes espoirs de voir Agathe sortir vivante de ce piège. Mon œil s'attarda de nouveau sur cette femme digne et triste attablée un peu à l'écart. Il me sembla saisir dans ses traits l'une des expressions d'Agathe. Ce devait être sa mère. L'épouse de Victor Pottuz. Après avoir perdu son mari en montagne voici trente ans de cela, pourrait-elle, si le pire s'avérait, supporter également de perdre sa fille ?

Passant de la pénombre de la salle à la luminosité matinale de l'extérieur, mes yeux sans sommeil se mirent à pleurer. Ne voulant croiser personne, je me hâtai de remonter vers Vallorcine afin d'éviter toute rencontre fortuite. Le ventre rongé par l'angoisse en songeant que cette cruelle incertitude quant à la destinée d'Agathe ne prendrait fin que par un simple message sur l'écran de mon téléphone portable, je ne le quittais plus de peur de manquer un appel de Marc.

Fiévreusement rivé à mon ordinateur, je traquais la moindre nouveauté potentielle sur le fil d'information de l'expédition que l'on pouvait suivre en ligne et en direct. Je consultai également la page Internet du Dauphiné Libéré. Une photo d'Agathe Pottuz-Granger trônait en *home* et en gros plan. J'avais lu tant d'articles relatant des accidents en montagne que voir apparaître dans un journal et dans une telle circonstance quelqu'un de si proche me semblait irréel. Resplendissante avec ce sourire qu'elle adressait aujourd'hui aux lecteurs de toute une région, elle, *La fiancée de la montagne*, la plus jeune guide connue, devenait plus que jamais l'icône d'une vallée. Les ferveurs populaires, retenant leur souffle, étaient toutes suspendues à la chronique de son lointain et espéré sauvetage. Ma journée du 21 décembre se déroula ainsi, à scruter une actualité qui ne se renouvelait pas. Hagard, sans parvenir à fixer mes pensées, je mesurais l'étendue de mon inutilité, de mon insignifiance dans la vie d'Agathe. La seule information que je reçus vint de Marc. Aucune rotation d'hélicoptère n'avait pu être effectuée et la caravane terrestre était toujours en attente au camp de base.

Zian me soutenait à sa façon, sans trop parler. Ce soir-là, il m'entraîna pour qu'on aille boire un verre à *L'Oursine*. Mais ma tension était trop forte. Obnubilé par ce qui se passait là-bas, au K2, je ne parvins pas à m'en libérer. Je ne voyais plus dans le fond de ma bière que l'errance d'Agathe parmi des lames de pierres et de glace, son corps fouetté par une limaille projetée à plus de 100 km/h. Je me représentais sa silhouette chétive prostrée contre une paroi de neige, cherchant à se protéger d'un vent abominable et des cognées du froid. Je visualisais les dards de grésil lacérant son doux visage à travers les ouvertures des vêtements cartonnés par le gel. Je la regardais tomber, se relever, tomber encore, puis invoquer des secours qui n'arrivaient pas… qui n'arriveraient peut-être jamais. Zian essayait de me rassurer, mais nous savions parfaitement tous les deux que l'ogre himalayen était trop souvent le plus fort. Il me raccompagna ensuite jusque sur le pas de ma porte et, de sa lourde main de montagnard, me quitta d'une tape amicale sur l'épaule. Je retrouvai le havre de ma solitude, l'écran de mon ordinateur, et entamai ma seconde nuit sans sommeil.

Vers 1 heure du matin, je reçus un texto de Marc. Agathe avait envoyé un second message : « pas de trace de Zyg limite gelure bivouac crevasse 7 150 ».

Il fallait comprendre que la situation était terrible, qu'elle avait dû abandonner les recherches pour localiser son compagnon disparu – sans doute mort – et que le froid et la tempête la bloquaient. *Bon sang ! Une seconde nuit à 7 000, en bivouac sommaire, c'est impossible qu'elle s'en sorte !* m'alarmai-je. *Quelle folie !* L'inquiétude me consumait d'autant plus que je ne pouvais rien faire. Prier ? Je ne savais pas comment et, en cet instant, je le regrettais avec ferveur. Mais je savais qu'il y avait, sur de nombreux sommets himalayens, des *loungta*, ces drapeaux de prières bouddhistes qui livraient leurs oraisons au vent. Leurs suppliques seraient-elles entendues ? La dernière figure de dévotion que j'avais vue était la vierge des Drus qui nous avait accueillis Bruno et moi deux mois plus tôt. Pouvait-elle, depuis les Alpes, accompagner Agathe sur son chemin de croix himalayen et la sauver d'un péril meurtrier ? Cette nuit-là fut un pèlerinage entre espérance et désolation. Un mauvais rêve qui n'en finissait pas.

◆

Le jour suivant, 22 décembre, malgré nos nuits blanches, Marc et moi pûmes trouver un moment pour nous rencontrer brièvement afin de faire un point. Accoudés au comptoir d'un café de Chamonix, nous discutâmes rapidement et efficacement. Il me confirma qu'Agathe souffrait de gelures, qu'elle était sûrement – probablement ? – encore en vie, mais que la situation devenait plus critique que jamais. Il redoutait que la batterie du traceur GPS ne tienne plus. Le plan de sauvetage n'avait pas changé. Agathe devait descendre au camp 2 par ses propres moyens et y être récupérée par l'équipe terrestre qui serait déposée par hélicoptère dès que possible au-dessus du camp 1. Je compris que l'espoir ténu pouvait s'envoler à tout instant. Dans le regard absent de mon professeur à l'ENSA, je lisais l'impuissance face à la fatalité.

À ce troisième soir du drame, j'étais de nouveau avec Zian à *L'Oursine*, mais il m'était impossible de suivre le moindre fil d'une conversation. Nous venions d'apprendre que l'opération de secours avait pu être lancée in extremis juste avant la nuit. La caravane terrestre devait être dans la « Cheminée House ». C'était de la folie d'affronter un tel obstacle dans le noir en hiver. Le courage des membres de cette expédition forçait respect et admiration. Cependant, pas de nouvelles d'Agathe. Personne ne savait où elle se situait. Même si des secours étaient en train de remonter vers le camp 2 en espérant faire jonction, Agathe allait devoir passer une troisième nuit, seule entre six mille et sept mille mètres d'altitude dans un enfer de glace. Et pendant ce temps, dans la chaleur confortable d'une taverne, je culpabilisais. Je ne pouvais même pas partager les souffrances de cette lutte. Il était impossible qu'elle s'en sorte. Il fallait que je me résigne au pire. Trois jours sur un huit mille en hiver sans équipements de campement, personne ne pouvait y survivre. Personne !

◆

Au matin, assommé par mes insomnies, je ne réagis pas quand, vers 7 heures, mon téléphone vibra. J'étais debout devant ma fenêtre, en train de contempler les flocons tomber pesamment. Ici en Haute-Savoie, en ce 23 décembre, l'hiver s'affirmait. La seconde vibration de rappel me sortit de mon absence. Je regardai l'écran. Ce que j'y lus me fit l'effet d'un électrochoc : « Agathe récupérée en vie par équipe terrestre. Redescente vers camp 1 puis hélicos. Marc » Je n'en croyais pas mes yeux. Comment était-ce possible ? Je lisais et relisais le message plusieurs fois. Mon cœur battait la chamade. Une jubilation libératrice cherchait à s'emparer de tous mes sens mais une force contraire m'intimait de garder prudence. L'issue de cette tragédie n'était pas encore connue. Rien n'était acquis. Où avait-elle été retrouvée ? Et surtout, dans quel état ?

En fin de matinée, Zian me conduisit à Chamonix. Dans la cellule de suivi de l'expédition, la tension générale s'était muée en nervosité joyeuse, et c'est avec un soulagement sans nom que Marc me confirma que l'on pouvait considérer Agathe hors de danger. Elle se trouvait actuellement au camp de base avancé pour reprendre des forces avant d'être bientôt transférée à Islamabad pour une surveillance médicale plus poussée. Elle souffrait de gelures graves et son état psychologique était fragile, la perte de Zygmunt et ses trois jours de survie ayant provoqué un traumatisme profond. Son compagnon de cordée avait chuté lors du premier rappel au sommet de la Pyramide Noire. Agathe avait passé la première journée à tenter de le repérer, espérant pouvoir le sauver, mais les conditions météo avaient rendu ses recherches vaines. Égarée dans la voie, ayant perdu énormément d'énergie, elle avait été contrainte de passer une seconde nuit à 7 000 m d'altitude. Avec acharnement, elle avait réussi à descendre un peu par une multitude de rappels aléatoires. La jonction avait été faite en pleine nuit avec deux alpinistes de la caravane terrestre à 6 700 m. Encordés à trois, ils avaient pu atteindre le camp 1, sept cents mètres plus bas, après une descente engagée. Les mains de Marc tremblaient… Les traits épuisés et l'œil humide, il m'avoua qu'il avait fini, lui aussi, par ne plus y croire.

Évacuant la pression des dernières heures, je sentis tout mon corps fondre. Incapable de réfléchir, j'étais encore accablé par cette impression d'avoir été le spectateur passif d'un drame personnel. Dans l'après-midi, afin de me changer d'air, Zian m'obligea à le suivre pour une virée à skis de randonnée comme nous les aimions. Ceci me réconforta. Je pouvais enfin me rattacher au bonheur discret d'une montagne tangible et la vigueur que j'avais perdue depuis trois jours revint progressivement à mesure que nous montions les pentes enneigées. Comme toujours lors de ces ascensions, mes pensées se gonflaient au souffle de l'effort. *Dans quel état allions-nous retrouver Agathe ?* Écartelée entre ses blessures physiques et son traumatisme psychique, allait-elle parvenir à se remettre d'aplomb ? Elle avait déjà subi la mort de son père, et s'était construite avec cette perte au fond de l'âme… Comment allait-elle surmonter ce nouveau coup dur ? J'ignorais alors que l'épreuve s'apprêtait à prendre un tour des plus inattendus.

◆

Peu de temps après son retour, un procès en inquisition médiatique se déclencha. Suivant l'annonce du sauvetage au K2, les réseaux sociaux s'emparèrent de l'événement pour en réécrire l'histoire à leur façon. Certains érigeaient Agathe Pottuz-Granger en héroïne, d'autres flétrissaient son image en lui reprochant les risques inconsidérés qu'elle avait pris. Le seul point commun entre toutes les versions de ce secours incroyable était le mensonge issu d'une lecture approximative, affabulée, idéalisée ou jalousée. Alpinistes chevronnés comme commentateurs ignorants projetaient sur la miraculée l'ombre de tous leurs mythes personnels. Nous assistions à un déversement de louanges et de haines. J'espérais qu'on pourrait protéger Agathe de ce déferlement de passions. J'avais appris qu'elle allait être rapatriée à la fin du mois à l'hôpital de Sallanches pour y soigner les différentes gelures aux mains et aux pieds qu'elle avait contractées durant ses jours de lutte contre le froid le plus aigu qu'on pouvait rencontrer sur Terre. Et je couvais l'espérance de pouvoir lui parler afin de solder cet épisode qui m'avait profondément affecté.

En attendant, dégoûté par toute cette médiocrité humaine, je me refermais sur moi-même et ne quittais plus les proches alentours de Vallorcine. Zian était en famille pour les fêtes de fin d'année et Pauline également dans la sienne à Annecy. J'avais hésité à rejoindre mes parents à Lyon et puis j'avais renoncé, décidant de m'épargner le récit familial de mes dernières semaines. Je me réfugiais donc en montagne, seul avec ce chat qui était devenu mon dernier compagnon de cordée. Je devais reprendre pied dans la réalité. J'étais comme un alpiniste engagé dans une posture critique. Trois issues se présentaient devant moi. Chuter, attendre les secours ou croire en mes forces. Quitte à souffrir peut-être, il fallait que je domine mes doutes et que je remette ma vie en mouvement.

Au soir du 24 décembre, après avoir entendu le carillon des cloches de la petite église de Vallorcine, je reçus un message qui m'arracha un sourire bienheureux : « Joyeux Noël, Ian, nos voyages en montagne me manquent. Pauline. »

Ces quelques mots que je n'attendais pas venaient-ils de sortir mon cœur de l'ombre ? En cet instant où les flocons tourbillonnaient, telles des myriades d'étoiles exécutant un féerique ballet, mon âme comme réchauffée semblait enfin retrouver les accords poétiques ouvrant sur la scène magique de la beauté de la nuit.

CHAPITRE 13
Janvier 2019

Les froides bourrasques d'un hiver vitreux avaient soufflé sur les lumières des fêtes. Marc m'avait tenu informé des différentes étapes du rapatriement de l'expédition au K2, me replongeant malgré moi dans cette aventure avortée. Agathe avait été admise à l'hôpital de Sallanches. Je m'étais préparé à lui rendre visite. Non pour l'interroger sur les circonstances de son accident et de son sauvetage ; elle avait déjà donné un entretien au Dauphiné Libéré que tout le monde avait lu. Ce que je voulais, c'était juste l'entendre parler, entendre sa voix claire se détacher du bourdonnement persistant des médias.

Je tentai ma chance sans prendre rendez-vous. Elle était, après Roland, la seconde personne que j'allais voir en moins d'un an dans ce centre hospitalier. En traversant les larges couloirs aux odeurs d'antiseptiques, je retrouvai les mêmes sensations que lors de ma précédente venue. Cette fois-ci, c'était en journée, mais la grisaille de janvier valait la sombreur d'une nuit de juin. Elle était seule dans sa chambre.

Le premier échange de regards à mon entrée vibra comme un rappel de notre histoire ancienne. Du moins, j'en eus l'impression.

— Merci de passer me voir, me salua-t-elle.

— C'est normal. J'ai tout suivi par procuration alors je voulais m'assurer que tout allait bien pour toi et qu'on ne nous avait pas menti, souriais-je.

— Tout ce qu'on raconte dans les médias et sur les réseaux sociaux me blesse plus que les gelures de mes extrémités.

Évidemment fatiguée, marquée par les stigmates de son calvaire, elle parlait lentement et semblait soutenir une forte douleur intérieure.

— C'est bien pour ça que je suis là ! Je viens à la source ! Alors, comment vas-tu ?

— Tu vois, je vais bien, répondit-elle en levant les deux grosses poupées d'ouate qui enveloppaient ses mains. Il paraît que j'ai évité l'amputation de justesse.

— C'est heureux ! Dans quelques semaines, tu pourras retourner en montagne !

— Oui j'espère, soupira-t-elle avec résignation en détournant les yeux. Une partie de mon esprit est encore en Himalaya. Je pense toujours à Zygmunt… Je m'en veux de n'avoir pu retrouver son corps.

— Tu sais, je ne suis pas expert du K2, mais l'endroit où il a chuté ne lui laissait aucune chance de s'en tirer.

— Je ne sais pas… En tout cas, je pense qu'il faudra que j'y retourne.

Malgré le drame terrible qu'elle venait de vivre et la chance inespérée qu'elle avait eue, Agathe repensait déjà à repartir là-bas ! J'en étais déstabilisé.

— C'est étonnant cette quête qui te pousse à t'évader sans cesse, remarquai-je.

J'avais prononcé cette phrase de façon purement instinctive. Elle eut un sourire amer :

— N'est-ce pas cela, l'alpinisme ? Mais je te l'accorde, c'est peut-être un peu excessif chez moi. Tu dois trouver ça absurde ?

— Pas du tout. Je ne te juge pas, Agathe. Tu es dépendante à la haute altitude… hasardai-je sans savoir si je pensais tout haut ou posais une question qui n'attendait pas forcément de réponse.

— Je ne sais pas ce que j'y cherche mais j'y suis bien… me retourna-t-elle, songeuse.

— Et tu n'es pas la seule… J'ai eu l'occasion de rencontrer cette année Roland Amouriaz. Je me suis intéressé à ses grandes ascensions himalayennes. Lui aussi a perdu un compagnon de cordée au Changabang.

Trop tard. Les mots étaient sortis de ma bouche. Mais quel maladroit je faisais ! Comment, en cet instant, avais-je pu oublier que c'est dans ce même hôpital qu'enfant, elle avait pleuré son père mourant ? Agathe eut comme un tremblement.

— Ah oui, Roland… Tu as donc dû apprendre pour la mort de mon père ? souffla-t-elle.

— Nous en avons parlé, c'est vrai. Cela l'a d'ailleurs énormément marqué. Mais n'allons pas réveiller ce passé.

Ce que je voulais juste te dire, c'est que malgré ce traumatisme, Roland est reparti ensuite vers les sommets, signe que la rédemption par la montagne existe.

— Je sais… lâcha Agathe. Mais mon père, lui, n'est jamais reparti.

— Bien sûr… acquiesçai-je penaud, déplorant ma gaucherie.

— Il a tenté le K2 en 1986 mais il a échoué au *push* final. Après avoir déclaré un début d'œdème pulmonaire à 8 200 m, il a été contraint de descendre à une heure seulement du sommet. Je crois que j'ai toujours voulu accomplir ce qu'il avait commencé. C'est pour ça que j'y suis allée… et que j'y retournerai.

L'épreuve n'avait pas changé Agathe, n'avait eu aucun effet sur elle. Cette force inexpugnable qui la poussait vers les sommets, et surtout vers ce K2 meurtrier, chef-d'œuvre de sa quête intime, n'avait pas été ébranlée d'un pouce. Cette obstination me fit peur. Pris dans le tumulte de pensées contradictoires, je me dirigeai vers la porte :

— Au revoir, Agathe ! J'ai été heureux de pouvoir te voir et de te trouver sur la voie de la rémission.

— *Arvi* Ian, et moi, ça m'a fait plaisir de parler d'autre chose que de mon sauvetage.

— Tu verras ! On se recroisera en montagne !

La dernière chose que je vis en la quittant fut un sourire chagrin. J'emportais avec moi un peu de sa tristesse. Les couloirs mornes vers la sortie de l'hôpital rappelèrent

Roland à mon souvenir. Je m'en voulais tellement d'avoir mentionné son nom lors de cet échange avec Agathe. Je ne savais même pas ce qu'il représentait pour elle. Lui qui avait tout tenté pour sauver son père, même s'il ne s'était jamais attaqué au K2, laissait dans l'histoire de l'alpinisme une empreinte immense. Pottuz avait sans doute été plus imprudent qu'Amouriaz et cela lui avait été fatal. Cognant au fond de mon cœur, tel un mantra aux accents de prière, je portais cet espoir secret, presque désespéré.

Puisse le destin d'Agathe ne jamais rejoindre celui de son papa.

◆

De retour à Vallorcine à la nuit tombée, apaisé en retrouvant mes paysages familiers, je croisai ma vieille voisine qui peinait à dégager son bout de chemin de toute la neige qui l'avait rempli. Ignorant ma lassitude et heureux d'apporter mon aide, j'attaquai vigoureusement l'épaisse couche amoncelée. Le maniement de la pelle, paraît-il, a des vertus. La répétition d'un geste simple, monotone, rythmé par les élans d'un effort physique, est propice à se focaliser sur l'essentiel. Cette activité devait me faire ressembler aux fossoyeurs qui, dans *Hamlet,* exhumaient le crâne de Yorick et témoignaient de l'inéluctabilité de la mort. Creuser dans cette blancheur un sillon vers le noir attisait mon questionnement et remettait en marche mes pensées. L'accident au K2 m'avait affecté et je prenais enfin conscience qu'Agathe et moi n'emprunterions jamais le chemin d'une vie commune. Mon amour jusqu'ici idéalisé pour elle venait de se transformer. Si je demeurais fasciné par sa force intérieure, Agathe m'apparaissait un peu moins lumineuse, moins attractive. Curieusement, je me sentais également un peu jaloux de sa notoriété suite à son sauvetage héroïque en Himalaya. Le défi qu'elle était allée affronter seule la rendait encore plus inaccessible. Qu'avais-je fait, moi, de si admirable, de si engagé ?

L'auguste présence de Roland planait aussi dans mon esprit. Sa biographie n'avançait plus. Allais-je la terminer ? Les mots que nous avions échangés à la fin de notre précédent entretien avaient jeté le trouble sur mon projet d'ouvrage. Le récit de sa carrière ne serait sans doute jamais qu'une approximation. J'avais déjà beaucoup de matière à disposition et je n'étais pas sûr que Roland me soit d'une grande utilité, avec ses souvenirs d'homme usé et malade, pour la mettre en ordre et finaliser ma construction éditoriale. Après vingt minutes de déneigement, reposant la pelle sur le mur de pierre, je contemplai le chemin réapparu par la grâce de mes efforts entre deux haies d'opaque poudreuse. *Où me conduira-t-elle, cette route ?*

La pensée qui me vint alors fut pour Pauline. Le temps qui me séparait de notre dernière rencontre me sembla, en cet instant, avoir été trop long et… le bonheur que j'y avais goûté, trop court.

Après un petit verre de gnôle accepté de bon cœur chez ma voisine, je retrouvai mon appartement, lequel ressemblait à un camp de base en déroute. Le courrier non lu s'empilait à côté des feuillets épars de mon manuscrit en chantier. La fatigue accumulée depuis un mois me prit d'assaut et je sombrai dans une nuit tourmentée par des visions confuses. Roland Amouriaz m'apparut auréolé d'une lumière diffuse, marchant vers le centre de Chamonix, à l'endroit où Balmat et Saussure regardent le mont Blanc pour l'éternité. Je voyais le grand guide tel qu'à son arrivée, il y a trente ans, errant dans les rues de la ville avec son client sur le dos. Il était là, devant moi, hologramme spectral d'un passé que je n'avais connu que dans les livres. Ses mains, parsemées des taches blanches dues au gel, s'agitaient pour appeler à l'aide.

— Roland ! vous allez bien ? lançais-je au fantôme.

— Non. C'est un malheur. Je reviens de Bionnassay, répondait-il haletant.

— Que s'est-il passé ?

— Victor a dévissé avec son client. Il faut que je prévienne les secours. Vite ! Peux-tu m'épauler ?

— Non, je ne peux pas, Roland. Agathe est également en perdition au K2. Je dois rester avec elle.

— Au K2 ? Que fait-elle là-bas ?

— Elle essaie de survivre après la chute de son compagnon de cordée, annonçais-je avec tristesse.

— Elle est trop belle pour mourir ! protestait Roland.

— Malheureusement pas ! La beauté rend immortel, mais seulement les statues.

— Et Victor… Il va mourir ?

— Oui, Roland… Dans quelques jours.

— Ah ! Je n'en ai pas fait assez… Tout ça pour rien, alors… Il aurait été si heureux de pouvoir dire adieu à la petite !

Le grand guide s'effondrait dans un éclat de sanglots et je me retrouvais alors au beau milieu de la salle de réanimation où Victor était alité, Agathe à ses côtés tenant fébrilement sa main. Mais ce n'était pas une fillette qui veillait le mourant. L'Agathe que j'apercevais là était adulte. Quelque chose m'échappait. Les moniteurs de contrôle semblaient clignoter paisiblement quand, subitement, le cardiographe s'emballa et se mit à hurler.

Et c'est dans un fracas de bips déchirant soudainement le silence de cette pièce d'hôpital que je me réveillai en sursaut, en sueur et désorienté dans ma chambre de Vallorcine.

Mon téléphone portable était en train de sonner.

La pendule affichait 7 heures.

Quel brusque retour au réel ! Pris de nausées, je faillis couper sans répondre, mais c'était le nom de Janny qui s'inscrivait sur l'écran.

J'inspirai profondément et décrochai.

— Allo Ian, c'est Janny. Désolée de vous déranger si tôt, mais le médecin de Sancellemoz vient de m'appeler… Roland est décédé ce matin.

◆

Cette annonce me tomba dessus comme un bombardement de caillasses au pied d'une paroi.

— Je... Que s'est-il passé ? parvins-je à dire sans reconnaître ma propre voix.

— Choc septique. Sa cheville...

Celle de Janny était enrouée par les larmes.

— Je suis désolé, tellement... désolé. Quand je pense que j'avais prévu d'aller le voir aujourd'hui.

— Il vous aimait bien, c'est pour ça que je vous ai appelé tout de suite.

— Vous avez besoin d'aide ?

— Non, merci, Ian. Les équipes de la clinique vont m'aider à organiser... la suite.

Et elle tomba en pleurs.

— Merci de m'avoir prévenu, Janny. N'hésitez surtout pas à m'appeler si besoin.

Elle raccrocha.

J'étais sous le choc. Il s'était éteint. Dans la chambre d'une clinique. Seul avec ses mots fléchés. Ce conquérant de tant de sommets était donc mort dans un lit, vieilli par la maladie et abandonné de tous. Je n'avais pas pensé que ça irait si vite. Le grand alpiniste partait sans me laisser la fin de son histoire. Peinant à assimiler cette réalité brutale, je me préparai un café avec des gestes automatiques. Un sentiment de culpabilité montait en moi. Les derniers moments passés avec Roland s'agitaient dans ma mémoire et je regrettais – ô pensées amères ! – de ne pas l'avoir revu encore une dernière fois, d'avoir finalement échoué à le soutenir jusqu'au bout dans son épreuve. Lui, aussi solide qu'une aiguille de granit, lui, l'immense guide mythique, venait de s'écrouler dans un fracas sourd pour finir en gravière au pied de la montagne.

Sur un coin de mon bureau, traînait mon manuscrit inachevé. Je feuilletai les pages assemblées grossièrement par une reliure plastique. À présent qu'il n'était plus de ce monde, lire le récit de son existence, cette biographie que j'avais moi-même composée, n'était plus tout à fait pareil. C'était… C'était troublant.

◆

Étrange signe du destin, la cérémonie d'adieu à Roland Amouriaz se déroula un an jour pour jour après notre première rencontre à *L'Oursine*. En sortant de chez moi, je fus enveloppé d'une grisaille gelée. Je marchais le cœur plié sous un chagrin nouveau qui venait augmenter le poids de mes anciens fardeaux. Il n'existait pas d'accoutumance à la tristesse. Ni d'économie d'échelle. Ma voiture, sillonnant entre les amas blancs que les chasse-neige avaient constitués, connaissait bien la route jusqu'à Chamonix. Sitôt entré dans l'église, je me précipitai dans l'ombre d'une colonne ; ma solitude put se fondre dans les granits de l'édifice. Mais de là, je ne voyais pas le cercueil. Je ne faisais que le deviner, posé au sol dans le transept. *Où pouvait bien voler l'esprit de Roland ? Était-il avec nous en ce moment dans cette église ? Était-il en train de nous observer du haut de la nef, à compter ceux et celles qui avaient daigné venir à son enterrement ?* Il y avait beaucoup de monde en tout cas. Surtout des guides, cordes et piolets à l'épaule. Il me sembla discerner dans l'assistance la chevelure blonde d'Emma, la compagne avec laquelle il était lors de la chute fatale dans les Aiguille Rouges. Nous n'avions plus jamais reparlé d'elle, lui et moi. Je m'étonnais de sa présence en me souvenant qu'elle avait quitté l'hôpital précipitamment, sans même attendre l'annonce d'un diagnostic quant à l'état critique de son partenaire accidenté. Sans doute avait-elle compris que leur lien n'allait pas pouvoir survivre à cette épreuve. Elle paraissait triste toutefois. Je devinais ses joues humides et ses yeux cherchaient souvent le réconfort de son mouchoir. Je pensais surtout à Janny, dont la silhouette austère se tenait dignement au premier rang. Celle qui s'était occupée de son oncle durant toute sa convalescence devait être terriblement abattue. Revêtait-elle l'expression de ceux qui, par leur service rendu à autrui, ont fait de leur vie entière un sacerdoce ? La perte soudaine de Roland, en plus du chagrin, devait ajouter ce constat douloureux de l'inutilité de ses efforts et de son dévouement.

Suivant du regard une veine de quartz dans le granit de la colonne à côté de moi, je projetais les images du célèbre alpiniste et de notre rencontre à *L'Oursine*, de nos discussions sur le vin, sur la montagne, sur le métier de guide… À un endroit, le quartz rencontrait une bande de mica, noire, brillante comme les ailes soyeuses d'un corbeau de sinistre augure. Je levai alors les yeux vers le prêtre en chaire, qui évoquait la vie de Roland :

« Lui qui avait gravi tant de sommets, il y est monté pour une dernière fois… »

Il avait une allure bien bonhomme, ce prêtre. Avec son timbre grave, il reflétait la douleur que toute l'assemblée, solennelle et silencieuse, qui lui faisait face, ressentait. Des chants sobres couvraient les raclements de gorges qui étouffaient l'émotion. Jetant un œil rapide sur le cercueil trônant sur la travée centrale, je sortis avant la fin de l'office. J'avais besoin d'être seul et de cadencer mes pensées au rythme de mes pas.

Alors que le crépuscule s'étendait sur les toits, je me dirigeai vers le cimetière du Biollay, cette nécropole de l'alpinisme. J'avais beaucoup marché afin d'arriver après la mise en terre de Roland et ainsi éviter de croiser trop de monde. Cette dernière étape devenait de plus en plus encombrante. Je ne comptais pas errer parmi les sépultures trop longtemps.

À ma grande déception, je trouvai les portes à barreaux métalliques closes. Le cimetière avait dû être fermé juste après le départ du cortège funèbre. Qu'à cela ne tienne ! Tel un fugitif, loin des halos des lampadaires publics, j'escaladai le mur d'enceinte latérale. Prenant prise sur des gratons qui émergeaient du mortier, j'agrippai le chapeau et m'enroulai autour. Parvenu à prendre pied dans l'intimité des morts, j'eus tout le mal du monde à trouver la tombe que je cherchais. Je projetai le faisceau de la lampe de mon téléphone sur les stèles, en quête de la plus abondamment fleurie : Rébuffat, Whymper, Terray... Roland n'était pas si seul ici. Et même probablement en meilleure compagnie dans la mort que dans la fin de sa vie.

Enfin, le caveau de la famille Amouriaz. J'inspirai profondément devant la pierre couchée face au ciel. Le froid glacial qui remplissait mes bronches me fit tousser, bruit inopportun dont la neige absorba l'écho. Aucune prière ne me vint. Juste quelques mots mélangés à des souvenirs avec lui. Je les déposai là, sur le granit, les confiant à la surveillance des sommets. N'est-ce pas le propre des défunts que de comprendre ce que les vivants cherchent à leur dire ? Puis, transi, je le laissai reposer, mon vieil ami Roland, dans le silence infini du temps.

Arvi !

Rejoignant l'allée centrale, d'un pas lent et silencieux afin de ne pas risquer de déranger tant d'âmes en sommeil, ma petite lumière de fortune éclaira une tombe, faisant surgir un nom du néant : Victor Pottuz, 1958-1988.

Disparu, donc, à l'âge de 30 ans. C'était idiot, mais je ne pus m'empêcher de me faire la remarque que j'étais à peine plus vieux que lui. Cette pierre projetait une lumière noire et je m'immobilisai devant elle. Penser qu'il y a quelques jours à peine, le nom d'Agathe aurait pu y être gravé ! Il s'en était fallu de peu pour que la fillette qui avait jadis pleuré si fort son papa le rejoigne aujourd'hui au-delà des frontières de la mort. Cette enfant fragile m'apparut dans un sourire noyé d'iode, m'implorant : « Rends-moi mon héros au visage si doux ! » Sa souffrance avait l'incandescence de l'amour infini d'une fille pour son père. Je reconnaissais dans les traits de ce petit ange désespéré ceux de l'Agathe que j'avais tant adorée, les nuages dans ses yeux, son envie de fuir continuellement en montagne… Stigmates d'une douleur profonde, d'une enfance volée par la perte prématurée de son essentielle racine. Comme dans un flash aussi soudain que cru révélant une vérité que je n'avais jusqu'ici pas voulu voir, je compris subitement pourquoi notre séparation avait été inéluctable. Agathe n'aurait jamais pu être heureuse avec moi durant une vie entière. Cela faisait plus d'un an qu'elle m'avait quitté, et c'est seulement en cet instant que j'acceptai de la quitter à mon tour. Pour la première fois, je sentis le besoin de m'éloigner d'elle. Cette aura mystérieuse qui m'avait tant attiré était en train de s'estomper. Agathe ne serait jamais rassasiée de sa soif inébranlable d'affronter les hauteurs les plus inaccessibles et il m'aurait été impossible de partager cela avec elle. L'absolu de sa quête me fit prendre conscience que l'amour que je lui portais relevait plus d'une sorte de vénération que du désir de mêler nos existences à perpétuité.

La neige s'était remise à tomber, et les flocons célestes se mélangeaient aux larmes qui coulaient sur mes lèvres. J'avalais peu à peu mon tourment. Ces pleurs inextinguibles lavaient enfin mon âme en charriant des mois de souffrance. Ce chagrin me rassasiait. Je demandais pardon à Agathe d'avoir été trop longtemps amoureux d'elle. Son sourire immuable m'éclairait à présent dans « l'outre-noir » du cimetière, au pied de ces montagnes que nous avions parcourues. Oui, la seule beauté d'un sourire suffisait à remplir un cœur pour l'éternité.

Et c'était ce sourire que je garderais d'elle.

◆

J'aurais dû m'en douter. Une coulée de neige avait atteint la route et le col des Montets était momentanément fermé à la circulation. Il fallait attendre que les équipes de déneigement de Vallorcine dégagent la chaussée. Ils en avaient au moins pour deux heures.

Il ne me restait plus qu'à redescendre à Argentière, m'installer dans un café et prendre mon mal en patience. Je n'avais ni le goût de la fête ni la force de me distraire mais, après tout, les lumières chaudes d'un bar rempli de monde ne seraient pas de trop pour me réchauffer un peu. J'entrai dans le premier que je trouvai.

Un chanteur guitariste anglais berçait une jeunesse égayée par l'alcool :

I have climbed highest mountains
[...] Only to be with you
But I still haven't found what I'm looking for[11]

---

11 U2, « I Still haven't found what I'm looking for », *The Joshua Tree*, 1987

Accoudé sur un coin du comptoir devant une tasse de thé fumante, je parcourais distraitement du regard l'assemblée qui s'amusait quand une tête connue me fit sortir de mon absence. Pauline me souriait, apparemment depuis un petit moment. Voyant que je l'avais enfin repérée, elle vint vers moi en me faisant observer mon inattention :

— Salut, Ian ! Pardon de te déranger au milieu de tes pensées.

Et elle enchaîna en m'embrassant sur la joue mais assez près de la bouche :

— Quelle joie de te voir !

Une fois encore, voilà qu'elle me faisait revenir au monde.

— Bonsoir, Pauline. Heureux également ! Effectivement, j'étais ailleurs…

— Tu n'es pas trop affecté par la mort de Roland ?

— Il est parti… si vite. Il avait fini par se confier un peu sur sa vie d'alpiniste. Oui, je suis triste, soupirai-je, ému.

— Moi aussi, je le suis. Il y a six mois à peine qu'il est sorti de l'hôpital de Sallanches. J'ai l'impression que c'était hier. Et depuis, à la clinique de Sancellemoz, je le voyais décliner. Il me parlait souvent de toi, ces derniers temps, tu sais.

— Euh… Oui, j'aurais dû être plus présent, dis-je d'un ton las. Je le regrette. Je ne pensais pas que la fin était aussi proche.

Elle accrocha un sourire à son visage afin d'en appeler un sur le mien :

— À voir ta mine, je crois que t'aurais besoin de prendre un peu l'air !

Devant cet élan optimiste, je ne réussis qu'à afficher une moue pathétique. Je m'en voulais de ne pas avoir trouvé le temps de proposer à Pauline une nouvelle sortie en montagne. Cette succession d'événements récents, d'abord le K2 et ensuite le décès de Roland m'avaient cloîtré dans une angoisse paralysante qui m'avait coupé de mes préoccupations habituelles.

— Je ne t'ai pas rappelée après notre course... concédai-je. Ne m'en tiens pas rigueur, je t'en prie. J'ai été débordé. Mais je suis toujours partant pour une partie de ski de randonnée ensemble, la neige commence à être abondante !

— Ne t'inquiète surtout pas, je comprends. Et puis, de mon côté, j'ai eu beaucoup de gardes aux urgences, rétorqua-t-elle d'un air marri. Mais maintenant, on est là alors, quand allons-nous skier tous les deux ?

Sa frimousse était redevenue radieuse, avec les glaciers qui couraient entre ses paupières, faisant pétiller ses yeux comme seuls les siens savaient le faire. Une petite lumière s'alluma en moi ; la montagne me réapparaissait telle que je l'aimais, source claire de printemps, et ce monde de l'alpinisme qui, depuis deux mois, n'avait eu de cesse de me meurtrir, me tendait à nouveau des bras remplis d'abondance. Oui, je le sentais à présent, ce manque, ce puissant appel des cimes. Et la perspective de les parcourir encore avec Pauline ravivait le feu qui couvait sous les cendres de toutes mes afflictions. Enfin, comme un rayon de soleil perce au travers de brumes opaques, je répondais à son sourire. Pauline n'attendait que cela et, ainsi encouragée, elle ne s'arrêtait plus :

— Rejoins-moi avec mes amis ! Nous sommes dans le recoin, là-bas derrière la scène. Il y a même quelqu'un avec qui tu devrais bien t'entendre. Un guide que je trouve, personnellement, un peu fou, et qui s'est lancé dans des solitaires hivernales dans le massif. Dix sommets emblématiques en un mois avec, à chaque fois, une redescente à ski, en pente raide. Il va commencer dans deux jours par l'Aiguille Verte. Montée par le couloir Couturier, retour par le Whymper.

— Très bien. Je ne veux pas m'imposer, alors juste un verre. Ça me fera du bien de parler de montagne. Après, il faudra que je remonte à Vallorcine. Le col a fermé mais devrait rouvrir d'ici trente minutes.

— Génial ! Ça me fera plaisir.

Je lui emboîtai le pas. Et alors que l'angle s'ouvrait sur ce petit salon en arrière-salle, j'eus la vision d'un effroyable spectre. Dans le faisceau d'un spot, une figure me frappa de plein fouet.

Malgré le jeu des ombres qui dansaient sur les visages, ces traits-là s'étaient projetés sur mes rétines avec une netteté diabolique. Cette mâchoire solide renfermant un rictus conquérant, cette chevelure d'un blond lustré… Rodrigue ! Toujours imbu de lui-même, comme d'habitude en train de raconter je ne savais quelle course, jouant de séduction dans une posture martiale, il était, à l'évidence et tel qu'en lui-même, le centre des discussions. Pauline fendit le petit groupe et, posant la main sur son épaule, se tourna vers moi pour me le présenter. Déstabilisé, je restai figé sur place. Une poussée écœurante reflua dans mon ventre, effaçant d'un seul coup toute la joie qui m'était furtivement revenue. Le dégoût m'avait envahi. Sans un mot, je tournai les talons et, sans laisser à Pauline le temps de me retenir, je sortis précipitamment.

La vue, n'eût-elle duré qu'une seconde, de son bras passé sur cette épaule avait déjà fait son office. Rodrigue venait de me ravir Pauline comme il m'avait déjà enlevé Agathe. L'humiliation me faisait transpirer à grosses gouttes et mes palpitations cardiaques s'étaient emballées sans contrôle possible. Je marchais maintenant d'un pas pressé dans la rue glacée puis m'engouffrai dans ma voiture. Démarrant en trombe, j'accrochai le véhicule de devant et partais en course folle sur la route glissante. Mes roues patinaient dans un bruit de rotatives rouillées. Je prenais tous les virages en dérapage sans me soucier de ce qui pouvait arriver en face. J'étais pris d'une excitation démente comme si je fuyais un incendie fulgurant. Mais les flammes étaient en moi. La prise de vitesse qui m'éloignait de la vallée ne m'éloignait pas de ce foyer ardent. Elle ne faisait que l'attiser. Et soudain, à la sortie d'un virage, la lame du chasse-neige qui venait d'ouvrir le col se dressa. Je n'eus que le temps de ficher un coup de volant dans la direction opposée. Un silence. Puis le choc. Je venais de m'écraser sur le bas-côté, arrêté par une congère et – horreur ! – avais évité de justesse le sabre d'acier qui m'aurait découpé.

Cette claque me ramena à mes esprits. Déjà j'entendais frapper à ma fenêtre. C'était le conducteur de l'engin de déneigement, inquiet et un peu énervé, qui venait s'enquérir de mon état. Contrit et confus, je m'extrayais de mon siège, sortais de mon véhicule et constatai, encore étourdi, que je n'avais rien. Seul le pare-chocs était enfoncé. La voiture semblait prête à redémarrer mais le chasse-neige dut l'élinguer pour nous sortir de là.

Après avoir récupéré mon souffle et remercié mon dépanneur, je repris la direction de Vallorcine. Prudemment, cette fois. Bien qu'à nouveau tranquille en apparence, la jalousie et la haine m'étreignaient. Une extraordinaire énergie maléfique était en train de fermenter en moi.

CHAPITRE 14
Février

La Verte ! Je serai au sommet de la Verte avant Rodrigue ! En partant tout de suite, je pourrai rejoindre rapidement le refuge du Couvercle et attaquer dès demain le couloir Whymper !

Alors que la nuit bordait de ses brumes les habitants endormis de la vallée, j'étais debout au milieu de mon salon. En ce premier jour de février, à 1 heure du matin, j'étais en train de préparer mes affaires en vue de réaliser, en urgence, l'ascension de l'Aiguille Verte. J'avais déjà oublié que je venais de frôler un grave accident de voiture. Gravir une telle montagne, bien que le niveau technique requis ne fût pas extrême, exigeait des forces fiables. Aussi, malgré mon état d'agitation qui n'était pas vraiment propice à prendre du repos, j'essayais de me calmer. La quantité de neige allait être une entrave à ma progression et je savais qu'il me faudrait affronter l'épuisement. Les risques étaient nombreux. Les avalanches surtout. À trente-six heures des dernières grosses chutes, le manteau serait peu stabilisé et les couloirs n'auraient pas fini de se purger. La météo serait belle pour les deux jours à venir. Tous les génies des cimes envahissaient mon esprit et je faisais défiler devant mes yeux l'itinéraire qui me conduirait au sommet.

Je cueillis le train du Montenvers à l'aurore avec un sac chargé de mes affaires de bivouac. Les regards dans le wagon admiraient mon matériel et scrutaient mes intentions. Préservant mon énergie et ma concentration, je me terrais dans le mutisme. En débarquant sur l'esplanade de la gare d'arrivée, les nombreux touristes se précipitèrent le long des barrières du belvédère pour goûter au spectacle des Drus. Qu'elles étaient loin, mes ascensions sur cette épine de roc avec Zian et Bruno ! Sans perdre de temps, je me lançai sur le glacier de la Mer de Glace.

La neige tombée en début de semaine était vierge de traces. Attentif à contourner les indices qui dénonçaient les crevasses, je sinuais à travers ce désert, longeant les moraines, traversant les ponts et évitant les marmites. Je jouais avec la Camarde. Mais ma rancœur, tel un tison flanqué contre mes reins, me poussait à avancer toujours plus vite. Je me refusais à utiliser cette technique de déplacement en zone crevassée qui consiste à s'attacher à son sac avec sa corde pour qu'en cas de rupture de pont, le frottement de la charge puisse éventuellement ralentir la chute. *Échanger du temps contre de la sécurité ? Hors de question !* Je voulais arriver au Couvercle au plus tôt pour y récupérer toutes mes forces avant d'attaquer le couloir Whymper et parvenir au sommet avant Rodrigue. J'avais choisi un autre itinéraire que le sien pour qu'il ne découvre pas que quelqu'un était passé avant lui. Il aurait à faire sa trace dans la neige profonde, à se fatiguer à chaque coup de crampon, pour découvrir, au moment de triompher, qu'un autre était déjà assis sur son trône. Il m'avait tant pris ! Et j'allais tout lui reprendre.

Alors, comme un acharné, je faisais glisser mes skis, m'emparant de chaque mètre de glacier avec avidité. La dernière montée fut avalée contre un effort qui me fit transpirer jusqu'au sang. L'épaisseur de neige, par endroits, arrivait à hauteur de mes hanches. J'ahanais. Malgré le soleil sur ma tête, une buée dense sortait de ma bouche et de mon cou. Mon sac, pesant plus qu'il n'aurait fallu pour faire ce sommet en aller-retour, sciait mes épaules. Je m'enfonçais dans la tranchée profonde creusée par mes skis. Je finis par atteindre le refuge d'hiver du Couvercle avant le milieu de l'après-midi. Ce bâtiment de bois voilé d'aluminium était niché sous une dalle de granit, au pied de l'arête des Ecclésiastiques qui étayait l'Aiguille Verte. Je m'empressai de dégager la porte de la neige qui l'obstruait et je pus enfin me poser.

Après avoir préparé mon équipement pour le lendemain, je fis un feu et préparai un repas frugal. J'avais pris un livre, comme toujours. Quelques grammes de mots au prix d'un peu plus de sueur. C'était mon vieux compagnon *Hamlet*. Un peu comme moi, il devenait fou :

« Tis bitter cold,
And I am sick at heart »

Le poêle peinait à réchauffer la pièce et mon cœur était malade. Je savais que je ne parviendrais pas à m'endormir alors je comptais les heures. Je ne pouvais raisonnablement démarrer trop tôt l'attaque du couloir. Mieux valait attendre les premières lueurs pour m'approcher de la rimaye qu'il me faudrait passer sans assurance. Le prince Hamlet devenait de plus en plus dément avec des desseins lugubres…

« Mourir; dormir: c'est tout. »

Le réveil me sortit de ces tourments. Je m'extirpai de mes couvertures et ma volonté revigora mes sens. Comme je l'avais fait tant de fois auparavant, je suivis la mécanique du départ. L'eau chaude pour le thé, la répartition du matériel, le réglage du faisceau de la frontale puis la sortie de la capsule protectrice avant le grand saut dans l'espace.

◆

Les yeux enveloppés dans la nappe céleste, sombre et parsemée de petits lampions, j'avançais sur une neige crissante. L'itinéraire s'élevait mollement au travers du glacier, d'un noir mat. Je voulais monter vite. Mon esprit était en feu, ce feu qu'attisait le vent austère des pensées qui me hantaient, cette hubris qui éperonnait ma détermination, me poussant à accélérer mes pas en direction du sommet. La rimaye fut atteinte en une heure. Après avoir fixé mes skis sur mon sac, je longeai la lèvre de la crevasse pour remonter sur la rive droite du couloir Whymper et franchis le gouffre. Alors, la longue lutte avec la pente qui se dressait devant moi, toujours plus verticale, commença.

Bien que la montagne se fût purgée depuis les dernières trente-six heures, le risque qu'une avalanche m'emporte dans son souffle meurtrier restait important. Je n'y pensais pas. Je fuyais vers un destin vacillant. Cette neige ! Dans l'axe de la voie, elle était encore poudreuse et ma trace y était si profonde que malgré la forte pente qui rejetait tout corps vers le vide, mes genoux devaient pousser des monceaux de cristaux avant de pouvoir planter un crampon. La Verte me piégeait. En effet, ma lenteur de progression me maintenait indéfiniment dans la ligne de visée des sommets. La fatigue commençait à s'emparer de moi. Je secouai la tête pour la chasser. Pas à pas, je m'élevais pourtant. Ne pensant qu'au pas d'après. Puis au suivant. Puis encore au suivant...

À peine cent mètres après le croisement en Y, une soif intense se fit sentir et je me rendis compte que depuis mon départ au matin, obnubilé par mon objectif, je n'avais rien bu. Mon élan se brisa d'un coup net. Lentement, comme un venin mortel, un long frisson remonta de mes jambes, paralysant peu à peu tout mon organisme. Une onde glaçante irradia mes membres et bientôt, je ne pus plus effectuer le moindre mouvement. Plus moyen de progresser ! Allais-je revivre l'épisode des Grandes Jorasses ? À la différence, cette fois, que Zian ne serait pas là pour me tirer vers le haut. Alors, je me couchai sur la pente, m'offrant à la verticalité de la paroi qui me recueillit dans sa neige pénétrante. Fermant les yeux, je régulai ma respiration en me disant qu'après soixante inspirations, j'allais repartir ; il faudrait alors que mon corps réponde à ma volonté. Je ressentais pleinement les vibrations des éléments qui m'entouraient. Cette montagne me ressemblait tant ! Pourquoi mes forces me quitteraient-elles ?

Mes soixante inspirations effectuées, je rouvris les yeux et me rétablis sur mes crampons. Quelques instants me suffirent pour planter mes genoux dans la neige, sortir une gourde et étancher avidement ma soif brûlante. Le soleil pointait déjà assez haut. Je repartis. Toujours aussi seul. Toujours aussi triste.

Mon ressentiment contre Rodrigue était chevillé à mon ambition. Donc j'avançais. Implacablement, jusqu'à mon but ou jusqu'à la mort. Je charriais dans mes enjambées toujours autant de cristaux et mes cuisses me bardaient de crampes qui allaient en s'intensifiant. Enfin, après un temps qui me parut infini, j'atteignis les derniers mètres avant le sommet. Mon esprit divaguait. Les heures du jour se fanaient. Le mont Blanc, à l'ouest, me semblait bien morose. En apercevant le dôme du Goûter, j'eus une pensée pour Roland. Je dessinais mentalement l'itinéraire qu'il avait emprunté, son client sur le dos, trente ans auparavant. Comme j'étais loin de lui, aujourd'hui ! Résolu à ne pas me laisser mourir, je décidai de sculpter en contrebas, dans une congère, une alvéole pour y installer mon sac de couchage et y passer la nuit.

Il me fallait surtout boire. L'ascension du Whymper m'avait littéralement desséché. Je fis fondre plusieurs bolées de neige pour y infuser du thé et de la soupe. À l'heure où les touristes devaient récompenser leurs efforts sportifs dans la chaleur de bars et de restaurants savoyards, moi, j'étais prostré au creux du flanc de la montagne, en train de me dire qu'en cet instant, j'étais sans doute l'âme la plus haute et la plus ignorée de toute la vallée. Mon corps faisait partie intégrante de ce sommet. J'étais un caillou, un glaçon, un animal hibernant dans son igloo. Un animal dont le repos était autant tourmenté par son mental que par le froid.

Plongé dans un sommeil paradoxal, je rêvais d'Agathe vagabondant dans les champs de glace et de rocs du K2 et aussi de Roland sur l'arête de Bionnassay. À son tour, Pauline venait me visiter, apaisante, plus douce que jamais... Et c'est là que Rodrigue émergeait des limbes du couloir Couturier. Il venait me surprendre, ici même, dans ma tranchée que j'avais creusée dans cette neige au sommet de la Verte.

Une fois de plus, j'attendis le salut de l'aurore.

◆

L'aube était encore lointaine lorsque je me décidai à sortir de mon abri pour préparer ma descente. Je n'avais plus la force de supporter mes cauchemars. Rodrigue prendrait vraisemblablement la première benne pour les Grands Montets et, de ce sommet, rejoindrait à ski le versant est. En partant vers 10 heures, j'aurai toutes les chances de le retrouver au milieu du couloir et de provoquer chez lui l'amertume de la conquête d'une voie déjà déflorée. Mais l'impatience et le doute me gagnaient. *Et s'il avait changé d'avis ? Et s'il avait choisi de repousser son entreprise ?* Je l'imaginais de nouveau avec Pauline, à savourer les plaisirs de moments confortables pendant que moi, j'attendais dans l'oubli une vengeance ridicule. L'ascension exténuante de la veille, la souffrance de la nuit écoulée et le manque d'oxygène agressaient mes sens. J'avais froid, j'avais faim, j'avais soif. Je sentais la Faucheuse roder, mais mon instinct de survie défendait son territoire.

À 10 heures sonnantes, comme convenu en mon for intérieur, j'engageai mes skis dans la pente en vue d'entamer la descente. Prenant mon bâton amont à mi-course, j'entrepris une succession de petits virages sautés et de dérapages qui firent couler beaucoup de neige dans ce chéneau de glace. Arrivé au premier ressaut, ne sachant pas dans quelles conditions se trouvait l'itinéraire derrière ces rochers, je posai une sangle et entrepris un rappel d'une vingtaine de mètres. De nouveau, j'enchaînai les virages courts. L'épaisseur du manteau rendait la descente assez facile. Tout à coup, arrivé au dernier tiers du couloir, alors que je faisais une pause pour reprendre mon souffle, je l'aperçus. Je vis le rouge des habits d'un alpiniste combattre la gravité. Rodrigue, enfin !

Il avançait lentement, continûment, tel un automate. Intérieurement, je triomphais. Encore quelques mètres et nos regards se croiseraient. Des vers de Racine sortirent de mes lèvres gercées :

Ma vengeance est perdue
S'il ignore en mourant que c'est moi qui le tue.[12]

J'allais ainsi entreprendre une légère traversée lorsque soudain, j'entendis sous mes skis le craquement sourd d'une plaque de neige dure se fissurant, suivi d'une onde puissante qui se propagea sur ma droite et remonta la pente jusqu'au pied d'une goulotte qui menait à l'aiguille du Jardin. De cette bouche, une coulée, assez ténue au début, s'amplifia progressivement pour exploser en avalanche, provoquant un torrent de neige pulvérulente qui se déversa avec furie dans le couloir. Le flot passa dix mètres en dessous de moi mais je sentis le souffle réfrigérant de l'aérosol cristallin. Spectateur impassible devant ce déchaînement des éléments, je parvins à siffler un coup bref pour avertir du danger. Il me sembla que la forme rouge en aval tenta de s'échapper en rive gauche. Mais la nuée meurtrière balaya tout sur son passage dans un grondement macabre. Un nuage opaque se développa, remplissant tout l'espace.

---

12 Jean Racine, *Andromaque*, 1668.

Puis, lentement, le calme revint.

Seuls, quelques échos dans le bas du couloir remontaient avec le vent qui avait repris son flux régulier. Levant la tête pour essayer de me situer après ce cataclysme, j'aperçus la trace qui me reliait au sommet de l'Aiguille Verte. *Ma* trace. Un filin de vie qui me chuchotait que le baiser glacé de la mort ne m'avait pas touché. Je regardai en aval. Plus un signe de Rodrigue. Je poursuivis ma descente. La coulée ayant lessivé la pente, j'effectuai mes virages serrés plus aisément. En passant là où je l'avais vu pour la dernière fois, mes yeux sondèrent l'endroit à la recherche d'indices de sa présence. Rien. Il avait dû être emporté par le monstre. Je continuai à skier jusqu'au pied de la voie qui s'ouvrait sur le glacier d'Argentière. Puisant dans toutes les forces qui me restaient, j'enchaînai frénétiquement les godilles, les dérapages, les conversions, pour fuir ce couloir meurtrier. Arrivé sur le glacier, je choisis un ressaut rocheux en rive gauche pour me mettre en sécurité et réfléchir.

Que faire ?

Je contemplais cette étendue blanche et muette. Rodrigue, celui qui m'avait tout ravi, ce rival que je haïssais, devait être ici, sous cette nappe, quelque part à mes pieds. Je ne pus m'empêcher de jubiler à l'idée que j'avais enfin triomphé. Il avait perdu la partie, peut-être même la vie. Et moi, sur mon rocher, comme un général contemplant sa victoire devant le champ de bataille qu'il vient de mettre en ruines, je savourais une gloire amère. C'est là que mon regard accrocha une couleur rouge en surface. Ce ne pouvait être que le sac de Rodrigue… ou bien l'un de ses accessoires. Avait-il eu le temps de déclencher son airbag ? Vu la taille de l'avalanche, les chances de le retrouver vivant étaient minces. De plus, mon état physique était proche de l'épuisement. Appeler les secours ? Pourquoi pas. Mais il me faudrait alors rester sur les lieux et expliquer ma présence. Peut-être était-ce moi qui avais déclenché l'avalanche en cassant la couche friable ? Que diraient les gendarmes qui conduiraient l'enquête judiciaire ? Je sentis une gêne obscure monter en moi. Partir ! Je pouvais partir. En laissant la nature dicter sa loi. Rodrigue avait choisi de s'engager dans une course hivernale en solitaire et le danger faisait partie de l'équation qu'il avait posée. Je n'avais aucune raison de culpabiliser. Moi, j'avais également fait ce choix et j'en étais sorti indemne. Cette coulée aurait très bien pu m'emporter. C'était le jeu. La Camarde avait misé sur lui et elle avait gagné. Pourquoi donc risquer de perdre mes dernières forces dans un sauvetage illusoire ? Au-delà de quinze minutes, une personne ensevelie n'a que très peu de chance d'échapper à l'hypothermie. N'est-ce pas ce qu'on nous apprend à l'ENSA ? Soit je me lançais à sa recherche maintenant pour une issue incertaine, soit je quittais ce désert blanc pour rejoindre la vallée et démarrer une nouvelle vie. J'avais tant désiré que Rodrigue disparaisse ! Et mon souhait se trouvait exaucé. J'orientai mes skis vers l'aval. Je me mis à glisser vers Argentière.

◆

Après quelques mètres de descente, le froid glacial et cette neige omniprésente me plongèrent dans une impression de déjà-vu. Les images d'un paysage lointain m'envahirent. Un panorama de désolation et de souffrance. Palpitations. D'où me venaient ces réminiscences ? Roland était à nouveau là, devant moi. Hallucinais-je ? Certes oui, je devais encore être en train de délirer. Il tenait la fille de Victor par la main. La petite Agathe âgée de 6 ans, laquelle avait pleuré car ses yeux étaient rougis et elle me criait de fuir : « Une avalanche ! Derrière toi ! Elle va t'emporter ! » Peur panique. J'essayais d'accélérer, mais la faiblesse de la pente me retenait au milieu du glacier. Je sentais déjà l'effet de souffle de la coulée me fondre dessus, inexorablement. Je poussais sur mes bâtons pour tenter de sortir de l'axe du blast qui allait s'abattre sur moi. Dans un réflexe désespéré, je me retournai brusquement pour affronter la mort, mais…

Rien.

Aucune avalanche ne grondait dans mon dos.

La montagne était silencieuse et sereine. Face à ce brutal retour au réel, ma décharge d'adrénaline retomba d'un seul coup. Mes skis stoppèrent net, s'enfoncèrent dans la poudreuse. Sans m'en rendre compte, je venais de dévaler trois cents mètres de dénivelé.

Je venais aussi, et surtout, de reprendre mes esprits. En regardant le ciel par-dessus les sommets et sans vraiment réfléchir à ce que je faisais, je recollai mes peaux de phoque et commençai à remonter la pente en direction de la coulée. L'évidence me claquait au visage. Je ne pouvais laisser un homme mourir. La grimpée fut harassante. Les flots de sang dans ma gorge m'étranglaient, mes poumons brûlaient, mes cuisses se tétanisaient. Revenu sur la langue de lave blanche, j'entamai la procédure de recherche de victime en avalanche. Après avoir prévenu les secours, je retournai vers le sac rouge observé. Armé de mon DVA[13], je me lançai en quête de Rodrigue pour tenter de le sortir de son sarcophage de neige. La fatigue m'avait déserté et des gestes automatiques me guidèrent rapidement jusqu'à la verticale d'un signal qui me donna la position de l'enseveli. Tout était peut-être encore jouable. Après quelques coups de sonde qui me confirmèrent la présence d'un obstacle à un mètre sous la surface, je me mis à creuser avec acharnement. Ce fut l'apparition d'un trésor. Un pan de veste. Un bras. Une épaule. Puis la tête. Et devant celle-ci, l'autre bras avait réussi à former une petite cavité qui recueillait un souffle aussi ténu qu'un esprit. La figure que je vis me parut inconnue. Les traits arrogants de Rodrigue avaient disparu sous un masque de souffrance banalement humain. À peine avais-je fini de dégager sa tête que le claquement d'un rotor contre les parois de granit vint casser le silence. Les instantanés défilèrent ensuite sans que

13 Détecteur de victimes d'avalanches.

je puisse leur donner un sens. Le corps de Rodrigue sur une civière, un homme me prenant par l'épaule, l'entrée dans le ventre d'une machine, puis un vol effréné plongeant vers la vallée.

Atterrissage à l'héliport des Bois.

Je vis une ambulance embarquer l'accidenté et partir sur les chapeaux de roue, toute sirène hurlante, en direction de l'hôpital.

Après une prise en charge rassurante par le médecin du PGHM, je fis une rapide déposition. Je dis la vérité, mais pas toute. Je restai évasif sur les raisons de mon ascension. Le gendarme qui rédigea le procès-verbal, un guide que je connaissais de vue, n'avait pas le temps de faire du zèle. Nous étions en pleine saison touristique et la succession des sauvetages en haute montagne mettait les secouristes sous pression. Avant de quitter le poste pour rejoindre le centre de Chamonix, le médecin du peloton vint m'annoncer que le pronostic vital de Rodrigue était réservé, mais que s'il s'en tirait, c'est à moi qu'il le devrait.

◆

Le jour déclinait. Trop fatigué pour penser, je me concentrais sur la conduite de ma voiture déglinguée en refoulant violemment toute image de ces événements récents. Les virages s'enchaînaient et je me sentais prêt à défaillir. C'était le dernier combat de ma journée, cette journée qui avait commencé soixante-douze heures plus tôt. Enfin arrivé à Vallorcine, je parvins, poussivement, à m'extraire de mon siège et passai la porte de mon appartement, suivi de mon chat se frottant sur mes jambes, moteur à ronron lancé à plein régime et les vibrisses aux aguets. Quelle bouffée de joie de le retrouver ! Tous mes muscles hurlaient leur douleur. Je m'affalai dans la cuisine sur ma chaise de bar, les yeux dans le vide, sans pulsion vitale. Je goûtais le néant, comme envoûté, dans le halo du néon. Après dix bonnes minutes d'abandon, j'inspirai profondément. Mon regard s'attarda sur le courrier qui s'était entassé depuis plusieurs semaines. Je me saisissais de la pile d'enveloppes et, les parcourant machinalement, tombai sur une écriture manuscrite à la calligraphie sobre qui ne m'était pas familière.

Sancellemoz, le 20 janvier.

Ian,

Écrire l'histoire d'un alpiniste n'est pas une chose aisée. Il existe tant de veines sombres dans le granit de nos destinées. Ne fais pas de moi un héros. Je ne le mérite pas. Il y a trente ans, en cette journée du 14 mai, j'ai failli à tous mes idéaux.

La cordée de Victor n'est pas tombée comme je te l'ai raconté. J'ai vu ce qu'il s'est passé.

Le client de Victor a transpercé la corniche de l'arête de Bionnassay. Alerté par ses cris, je suis descendu voir la scène après avoir vaché mon second. L'homme était retenu par son guide qui glissait lentement. Victor ne parvenait pas à planter son piolet ni à faire mordre ses crampons dans une neige trop molle. Il ne disait rien. Il dérapait, inexorablement, vers la lèvre. J'aurais pu intervenir. Le retenir. Mais je ne l'ai pas fait. Victor était mon rival. Je l'enviais trop pour ne pas me réjouir de le voir chuter. Et en le voyant glisser vers le vide, je croyais que la montagne me rendait justice. Je l'ai laissé partir vers la mort. Avec son client. Nos yeux se sont croisés. Puis il a disparu.

L'envie est le sentiment des perdants, t'avais-je dit !

À part le Ciel, et toi maintenant, personne n'a jamais rien su de ce qui était vraiment arrivé. Depuis cet accident, je vis avec cette culpabilité. Elle a été mon gouffre, mon enfer inavouable, un poison lent, inextirpable et irréversible, qui ronge et tue à petit feu, insidieusement. Pas un jour ne s'est écoulé sans que je porte ce crime comme mon châtiment. Mon remord a les traits d'Agathe, cette petite fille au regard perdu dans des larmes innocentes, qui était faite pour l'amour d'un père qui est parti trop vite, trop tôt, trop loin.

Alors que je sens aujourd'hui les forces m'abandonner, je veux libérer ma conscience. Ne crois pas que c'est ma blessure au pied qui m'achève : c'est cet accident de Bionnassay qui brûle ma vie depuis tant d'années. Je ne sais pas ce que je trouverai après la mort, mais je préfère payer mon billet pour être en règle. Je ne veux pas emporter dans la nuit ce fardeau qui m'a pesé dans la douleur de mes jours.

Continue de vivre, Ian ! Pour la montagne. Par la montagne.

Arvi.

Roland

Je reposai la lettre sur la table. Juste à côté du livre de René Daumal, *Le Mont Analogue*, que mon chat avait flanqué par terre trois mois plus tôt.

Oui, la montagne permet de communiquer avec l'au-delà... me dis-je.

Je souriais.

Je tenais enfin la clé du secret de Roland Amouriaz. Toute notre année d'échanges, notre rencontre et nos discussions à *L'Oursine*, et ensuite dans sa chambre d'hôpital, mes recherches allant jusqu'à l'obsession me poussant à me lancer dans l'écriture d'un ouvrage, tout défila. Cette révélation définitive était tombée au plus profond de la fatigue, créant une étrange et apaisante alchimie cérébrale qui me mettait en état alpha. Ainsi, tandis que je revisionnais dans ma tête le film de notre amitié, je reconstituais la fameuse journée du 14 mai 1988 à laquelle il ne manquait plus désormais la moindre séquence. Puis, repassant mes soixante-douze dernières heures à l'Aiguille Verte, je croisai mon reflet dans la baie vitrée de mon petit salon et je vis là, soudainement, comme dans un flash fulgurant, à quoi aurait pu ressembler le visage de ma vie future si je n'avais pas fait demi-tour. Moi aussi, j'avais fui. Comme Roland devant Victor, j'avais laissé Rodrigue sous la neige… mais j'étais retourné le chercher. Je venais d'échapper à ce sort auquel Roland n'avait eu de cesse de me mettre en garde, d'abord à demi-mots, subtilement, et pour finir, en le criant aujourd'hui par un aveu livré sans fard dans toute la rédemptrice générosité d'une missive ultime.

Alors, je me levai.

Regagnai ma chambre et me couchai.

Je dormis plus de douze heures. Cela ne m'était plus arrivé depuis l'enfance.

ÉPILOGUE
Mars

L'hiver léguait tendrement sa livrée au printemps. À travers les vitres du train qui me ramenait de Chamonix à Vallorcine, je regardais les arbres perdre leur neige. Déjà ! Le renouveau des saisons écrasait mon passé. L'année tout juste vécue me paraissait si lointaine. Si lointaine et... si différente !

Sur mes genoux était posé le manuscrit de ma biographie de Roland Amouriaz. Je l'avais pris pour le relire mais n'arrivais plus à concentrer mon attention sur l'histoire d'un homme qui, au soir de sa vie, avait sacrifié sa légende au nom de la vérité. Je remontais de Sallanches. Je revenais de l'hôpital où Rodrigue était soigné. Après une lourde opération orthopédique, il pourrait bientôt repartir en montagne. Au mieux, dans quelques semaines. J'avais longuement hésité à aller le voir. Je m'étais senti à la fois coupable d'avoir déclenché l'avalanche qui l'avait emporté et gêné des mérites que l'on m'attribuait pour l'avoir sauvé. Les remerciements dont il me gratifia m'avaient touché ;

j'avais prétendu en retour qu'il en aurait fait autant pour moi. Avait-il changé ou bien… c'était moi ? Et nous nous étions quittés comme deux montagnards. Avares en émotions, discrets sur nos motivations.

Sur ma droite, par la fenêtre du wagon, j'apercevais l'Aiguille Verte, qui prenait les Drus de haut. Les parois plâtrées de neige évoquaient une vague écumante cassant sur un récif de granit. Je songeais alors à mes compagnons de cordée, Zian, et aussi Bruno. Quelle aurait été ma destinée sans eux ? Zian, mon frère de cœur qui, malgré la mort que nous avions, par ma faute, frôlée, m'avait pardonné mon orgueil destructeur. Grâce à lui, j'avais pu à nouveau conquérir d'autres itinéraires éblouissants et grandioses. Et puis Bruno, mon élève, mon ami dont le sourire et les aspirations authentiques avaient affermi ma volonté d'être guide, me permettant ainsi de confirmer ma vocation et de la valider officiellement en réussissant jusqu'à l'examen final.

Devant ce panorama sublime, je repensais à *mes* montagnes, ces grandes dames éternelles qui avaient façonné et façonneraient toujours le paysage même de mon histoire. J'étais un homme de pierres à l'avenir lisible dans les fossiles de son passé. Cette année-là, cette révolution solaire écoulée, avait marqué une balise sur mon chemin. Elle avait été la bouée au vent de laquelle j'avais changé de cap sur l'océan de mon existence. Le temps de la dépression n'était plus désormais qu'un souvenir. Depuis mon plus jeune âge, j'avais recherché ma complétude dans l'amour et l'affrontement des sommets.

Une ambition qui s'était muée en vanité lorsque, guidé par une fierté déplacée, j'en avais fait le cadre d'un combat contre Rodrigue. Dans ce vaste domaine où les échecs sont nombreux, j'avais vécu chacun d'entre eux comme une violence subie, donc injuste, et avais de la sorte signé mes malheurs. À présent que je venais de le sauver, j'étais réconcilié avec lui. J'étais réconcilié avec moi-même.

Et maintenant, que faire de ces lignes qui conduisaient à une impasse, au mensonge d'un destin ? La nature de l'homme est parfois décevante. Les héros sont des gens trop ordinaires. Quant au mal, il n'est qu'un mystère banal. Je n'étais pas surpris. L'alpinisme, comme toute entreprise humaine, révélait sa part de dissimulation. Combien de polémiques sur des cimes prétendument atteintes ? Et combien de sommets atteints au détriment de compagnons de cordée sacrifiés ? Je rangeais le manuscrit. Ni juge, ni procureur, ni avocat, je n'étais qu'un amoureux de la montagne qui avait voulu écrire la biographie d'un alpiniste qu'il admirait. Cette faiblesse assassine du grand guide Amouriaz était la goutte de cyanure dans l'ambroisie des dieux. Fallait-il pour autant jeter tout le verre ? Devais-je raconter le beau et délaisser le vrai, préserver la légende et oublier les faits ? Devais-je, en somme, renoncer à terminer ce récit de la carrière de Roland ? Et si j'écrivais plutôt… ma propre histoire ?

Nous arrivions en gare du Buet. Je savais qu'en descendant du train, j'allais laisser ces dernières pensées sur cette banquette que j'abandonnai. Elles s'étaient égrainées au rythme des sapins défilant à travers les vitres. Un voyage est comme une vie, la nature fait passer les heures, mais à l'arrivée, les songes restent loin derrière. Je saisis délicatement la main claire qui reposait sur le siège d'à côté. Ses doigts fins se mêlèrent aux miens. Remontant lentement des yeux le long de cette silhouette gracile assoupie près de moi, je pus voler quelques secondes contemplatives à ce visage encore épanché sur ses rêves avant qu'il n'en sorte. Pauline se réveilla. Puis me sourit. En cet instant, j'eus la certitude que c'est au milieu de toutes mes souffrances qu'était né ce qui m'en avait affranchi. Cette avalanche qui était passée devant moi avait bel et bien été mon salut. Là où j'avais cru mourir, j'avais été sauvé.

Sauvé par la montagne.

Ayant grandi au pied du mont Blanc et habitant aujourd'hui dans les Aravis, Vincent Minguet est passé par le 27e bataillon de chasseurs alpins d'Annecy et l'école militaire de Haute-Montagne de Chamonix. Ses missions en zone de conflit et ses entraînements dans les Alpes l'ont conduit à raconter la montagne dans ce qu'elle a de merveilleux et parfois de tragique.

Sur le Sentier des Guerres — récit d'un chasseur alpin, Éditions Les passionnés de bouquins, 2022.

Dans la même collection

MONT-BLANC NOIR

- *Quatorze*, Aymeric VINOT
- *100 000 $ pour l'Everest*, Yves BALLU
- *Enquête sur le toit du monde*, Matt DICKINSON
- *Tempête meurtrière*, Matt DICKINSON
- *Le narval*, Peter D. MASON
- *Décimés*, Elsa GODET
- *Ésaü*, Philip KERR
- *Nous n'étions que des hommes*, Alexandre BARTHELEMY
- *Le deuxième piolet*, Dominique TÉTREAU
- *Les damnés du Llullaillaco*, Peter D. MASON
- *L'escalade d'après*, Joshua BRYANT
- *La femme du Kilimandjaro*, Marianne et Arnaud BUFFIN-PARRY
- *Quand les anges s'en mêlent*, Sabine VLIERS
- *Au-delà de Tsaparang*, Bruno GALLET
- *Le Seigneur des Écrins*, Gérard GUERRIER
- *Traque au Tibet*, Matt DICKINSON

Achevé d'imprimer en mai 2024 par Sepec Numérique – 01960 Péronnas
N° d'imprimeur : N24132240470

PEFC 10-31-3532 IMPRIM'VERT®